居酒屋ぼったくり

秋川滝美 Takimi Akikawa

目次

顔合わせ

イカナゴの釘煮

筑前煮

ササミのたたき

串揚げ

巾着煮

塩味のハンバーグ

茸雑炊

東京下町で居酒屋『ぼったくり』を営む美音は、恋人である要との結婚を決意、それに伴って『ぼったくり』を店舗併用住宅に改装することにした。

客たちへの説明や挨拶を終え、店は十二月二十日をもって無事休業に入ったものの、年明け早々に始まる工事や結婚式の準備に忙しい毎日である。

妹の馨がやってきてためらいがちに訊ねてきたのは、そんなある日のことだった。

「ねえ、お姉ちゃん。お姉ちゃんたちが結婚したら、タクはどうなるの？」

タクというのは、一昨年の夏、近所の公園に捨てられていた五匹の子猫のうちの一匹だ。すったもんだの末、要が引き取ってくれて、今は要が母の八重と住む家で暮らしている。

要が美音と結婚して『ぼったくり』の上に引っ越してくるとしたら、タクはどうするのだろう、というのが馨の疑問らしい。

「タクの飼い主は要さんだし、やっぱり一緒にこっちに来るのかな?」

馨は大の猫好き――というよりも動物から人間まで、ありとあらゆる生き物が好きだ。子どものころからペットを飼いたがっていたが、飲食業に携わっていた両親の反対で叶わず、両親が亡くなったあとは自分たちが店を引き継いでしまった関係で、今もペットは飼っていない。この商売を続ける限り仕方のないことだと了見はしているのだろうけれど、生き物をこよなく愛でる馨としては、タクの今後が気になってならないに違いない。

馨の質問を聞いた美音は、ちょっと答えに困ってしまった。

子どもにせがまれて飼ってはみたものの、しばらくしたら当の本人が飽きて世話をしなくなり、やむなく親が面倒を見ている、というのはペットにまつわる話としてはよく聞く。要の様子から察する限り、タクもどうやらその状態にあるらしい。

とはいっても、要の場合は飽きたり怠(なま)けたりで世話をしなくなったわけではない。仕事が忙しい上に出張も度々あるので、事実上不可能というだけで、自分が家にいるときはちゃんと世話をしているし、それなりにタクも要に懐いているようだ。

ただし、タクは普段餌をくれる人間が誰かということはちゃんとわかっていて、八重と要を比べたとき、八重のほうがヒエラルキー上位だと判断しているらしい。引き取ってやったのはおれなのに、なんて薄情な！　と要は憤慨するが、タクは涼しい顔……

話を聞いた美音は、まったく侮(あなど)れない猫だと苦笑してしまった。

八重は八重で、「もしも、ここに美音さんが入ってきたら、タクは美音さんとお前のどっちが上だと判断するのかしら？」なんて面白がっているそうだ。

拾われたばかりのとき、タクは哺乳瓶からミルクを吸う力すらなかった。そんなタクに一晩中付き添い、手の上に垂らしたミルクを舐めさせ続けて命を繋いだのが美音である。
　もしもタクに、ちゃんとした記憶回路と『恩』という概念が備わっているなら
ば、美音を要よりも上に位置させてもおかしくない、と八重は考えているらしい。
結局、おれはこの三人のうちで最下位ってことか、と要はへこみまくっている
が、タクも案外、美音のことなんてすっかり忘れているかもしれない。
　いずれにしても、命を繋いだ美音、それを引き受けた要、双方ともにタクの処
遇については真剣に考える責任があった。
「要さんが『ぼったくり』の上に引っ越してくるなら、当然タクもついてくるん
だよね？」
「うーん……でも……」
「『飲食業だし……』って言うんでしょ？　もう聞き飽きたよ。でも、タクはも
う要さんが飼ってるんだよ？　捨ててこいなんて言えないでしょ？」
「そんなこと言うわけないじゃない！　そうじゃなくて……」
「じゃなくて？」

「タクがこっちに来ちゃったら、八重さんが……」

ふたりの結婚にあたって、八重はひとりで今の家に残ることを選択した。新婚の邪魔をするなんてもっての外、困ることがあったらすぐ相談するし、どうにもならないときは長男の怜が住む家に戻るという手もある、と……

そのほうが気楽だという本人の言葉に甘える形になったが、この上タクまでこちらに来てしまったら、八重は本当にひとりぼっちになってしまう。せめてタクだけでも八重のそばに残すべきなのではないか。そう思う反面、それでは要が拾った猫を無責任に置き去りにすることになるという思いもある。

そもそも、飲食店の上で動物を飼うことにためらいがある。家と店が離れていたときでさえ、両親は頑なに拒んでいた。だからこそ、今まで美音は生き物を飼うことをしなかったのだ。

ところが、同じ両親に育てられたというのに、馨は至って気楽に言う。

「大丈夫でしょ。だって、住居と店はきっちり分けてあるんだし、店に入らないようにしておけば問題ないよ」

「そうはいかないわよ。だって、うちはどんなお客さんが来るかわからない居酒屋なのよ。もしもお客さんが猫が嫌いな人だったらどうするの？　中には、嫌いじゃないけどアレルギーがある、って人もいるかもしれないわ。家に猫がいたら、やっぱり影響がゼロとは言えないんじゃない？」

かつて同級生に、動物がとても好きなのに、お父さんがアレルギーで飼うことができないと言っていた子がいた。犬や猫にアレルギーがある人間は、けっして珍しい存在ではないのだ。

「そっか……アレルギー……」

さすがにこれには馨も頷かざるを得なかったようで、ちょっと遠い目をして呟く。

「そういえば、マサさんやアキラさんが言ってた。換毛期とかになると絨毯は猫の毛だらけ、普段だってうっかりすると洗濯物にもくっついてたりするんだって……。アレルギーを持ってるお客さんが来ちゃったら大変だよね」

「でしょ？　だからって、連れてこないでなんて言えないし……」

「だよねー……」

あの捨て猫騒動のとき、引き取ってくれたことにあんなに感謝しておきながら、今になって邪魔者扱いなんてできるわけがない。なにより、美音自身、タクと暮らせるなら嬉しいに決まっている。

いずれにしても、美音にとってタクの今後は悩ましすぎる問題だった。

†

「タクねえ……。あたしにしてみれば、クロの兄弟猫が戻ってくるのは嬉しいけど、『ぼったくり』にとってはちょっと難儀だねえ」

そう言いつつウメは、膝に抱いた飼い猫のクロの背中を撫でる。

庭に向かってちんまりと正座するウメと膝の上で丸くなっている黒猫は、まるで一幅(いっぷく)の絵のようで、見ている美音はつい微笑んでしまう。

ちなみにふたりがいるのはウメの家の縁側。美音は、結婚式で親代わりを引き受けてくれたウメに、式の相談をするために訪れていた。

「難しいね。生まれたあたりに戻ってくるんだから、タクにとってはそのほうがいいんじゃないかとも思うし、猫は家に付くっていうから今の住まいから動かすのは酷な気もするし……」

どっちがいいんだろう、いっそタクが口をきければいいのに、とウメはため息をついた。

「ウメさん、タクが口をきけるってことは、たぶん兄弟猫のクロちゃんも口をきくんじゃない?」

マサさんのところのチャタロウも、アキラさんのところのミクも、アキさんのところのマツジも、みんな揃ってしゃべり出しちゃったらそれこそ大変だわ、と美音は笑う。

五匹揃って、それぞれの飼い主の悪口を言い出す『猫会』を想像したのか、ウメも困った顔になった。

「うちなんていっつも安物のネコ缶だーなんて言うのかねえ」

「言うかも」

「それはまた切ないね。たぶん猫同士はそういう会話もしてるんだろうけど、人間には聞こえないのが救いだね」

「でしょ？　でもまあ、だからこそよく考えてあげなきゃいけないんでしょうけど」

口がきけない者たちだからこそ……というのは、ウメの持論だし、美音もそのとおりだと思う。

そして、口がきけても、いつだって「好きにしなさい」とばかり、寂しい気持ちも悲しい気持ちも表に出さない要の母、八重のことが頭を過る。

八重はもうすぐ、ウメ同様ひとり暮らしになる。ウメは、近所に息子夫婦がいるし、『ぼったくり』に来れば常連たちとのやりとりもある。孤独と会話の少なさは認知症を助長すると言われているが、ウメの場合はその心配はかなり少ないはずだ。

だが八重の場合、要が結婚して家を出てしまったら、一日中誰とも口をきかない日が出てくる可能性もある。しっかりした人だし、今のところ認知症の心配は少ないかもしれないが、あまりにも寂しい暮らしに思えた。

「まさか要さんのおっかさんまで『ぼったくり』の上に住むってわけにもいかないし、かといって美音坊たちがあっちに住むわけにもいかない。そんなことをしても、おっかさんは喜ばないに違いない。だとしたら、やっぱりあんたたちが頻繁に顔を出すしかないだろうね。もしこっちにタクを連れてくるつもりなら、タクも一緒にさ」

結婚するにあたって美音は、『ぼったくり』の常連で同じ商店街で薬局を営むシンゾウに、店の休みをもう一日増やしてはどうか、と提案された。その話を知っているウメは、休みを増やすなら多少は時間に余裕ができるのではないか、と言うのだ。

「面倒だって思うかもしれないけど、ちょくちょく行っておやりよ」

「面倒なんて……」

「いや、美音坊じゃなくて要さんのほう。男坊主ってのは、外に出てしまえば、案外親のことなんて構わなくなりがちだし、そこは美音坊がしっかり手綱を握ってさ」

うちのカナコみたいに、とウメは鼻をふふんと鳴らした。あからさまな嫁自慢ではあるが、ちっとも嫌な感じはしない。ウメの息子であるソウタと妻のカナコは、美音から見ても羨ましくなるような夫婦だし、姑のウメからこんなふうに褒められるのも素敵だ。

八重に褒められたいわけではないが、夫婦円満のためにも見習うべきところは多かった。

「わかった、そうします。ありがとう、ウメさん」

そんな答えを返しながらも、八重はそれで満足してくれるだろうか、と一抹の不安を覚える美音だった。

†

店の片付けをあらかた終え、自分自身の荷物の分別(ぶんべつ)にかかっていたある日、仕事帰りの要が自宅を訪れた。要は珍しく、美音の顔色を窺(うかが)うように覗き込んで訊ねる。

「あのさ、もし嫌なら断ってくれていいんだけど……」

「なんでしょう？」

「うちのクソ爺とクソ兄貴が君に会いたいって言ってるんだ」

「え……？　でも、もうお祖父様にはお目にかかってますよ？　お兄様とも電話でお話ししましたし」

以前、祖父の松雄(まつお)は『ぼったくり』を訪れたし、兄の怜は二度電話をかけてきた。いずれも美音と要を別れさせる目的だったのだが、美音がまったく聞く耳を持たなかったせいで、インターネット上の掲示板に『ぼったくり』の悪評を書き込むという作戦が実行された。それでも彼らの思うような効果は上がらなかった。それどころか、常連や近隣が束になっての抗戦ぶりに、松雄と怜はさぞや驚いたことだろう。

今では彼らも美音と要の仲を認めてくれているようではあるが、美音としてはやはり気まずさを消しきれない。まるきり初対面というわけではないし、できれば改まっての挨拶云々は避けたい気持ちが大きかった。

要は、自分の身内がいかに理不尽なおこないをしたかわかっているせいか、ひどくすまなそうに言う。

「あっちにしてみればこの間のことは『ノーカン』、つまり、なかったことにしてほしいんじゃないかな。その上で、初めて会う、みたいなシチュエーションにしたいとか……。ごめん！　本当に勝手だし、どの面下げてって話だよな」

だから、断ってくれても……と要は念を押すように言った。

「こんな話、おれのところで切り捨てちゃおうかと思ったんだけど、さすがにそれもできなくて。あんな連中でも、身内には違いないし……」

「そりゃそうですよ。なにより、あの一件は私も悪いんです。そもそも、賞味期限切れの鰻を使ったりしなければ、お祖父様たちもあんなことはなさらなかったでしょうし……」

火のないところに煙は立たないと言うではないか。つけいる隙を作ったのは他ならぬ自分だ、という自覚はある。だから、要の祖父や兄が、なかったことにしてくれと言うのであれば、素直に頷ける気持ちがあった。

「あのときは、私もずいぶん失礼な対応をしたと思いますし『ノーカン』にしていただけるのなら、むしろありがたいです。結婚する以上、ご家族に挨拶なしってわけにはいきませんしね」

「おふくろにはもう会ってもらってるし、おれとしてはどうでもいいんだけどね。でも、ここで会わせないといつまでもごちゃごちゃうるさそうなんだ。それぐらいなら、さっさと会ってもらったほうがいいかなと思って」

「私が言うのも失礼ですけど、確かにそんな気がします」

「だろ？」

そう頷いたあと、要は内ポケットからスマホを取り出し、早速電話をかけ始めた。ところが、しばらくは普通に話していたのに、途中でにわかに声が大きくなった。続いて、なにかを必死に断り始める。

「だから、今は休業中だって言ってるだろ？　そんなの無理だって」

「美音だって、今は店の改装や結婚式準備の真っ最中。そんな時間はないよ」

「そもそも、そんなことをしなきゃならない筋合いは……」

そこで要は、心配そうに窺っている美音の視線に気付いたのか、ふう……と息を吐いた。さらに、耳元からスマホを離して、美音に話しかける。

「爺……と兄貴が美音の料理を食ってみたいんだってさ。噂に名高い『ぼったくり』の料理に興味津々、本当に面の皮が厚い連中だ！」

「なんだ、そんなことですか……」

お安い御用……と答えかけて、美音は言葉を切った。

料理を作るのは簡単だが、場所がない。店は無理だし、この家に佐島建設の会長と社長を呼びつけるわけにもいかない。要の言うとおり、片付けの真っ最中、足の踏み場もないのだ。かといって、佐島家の本宅で、というのはもっと無理だ。

現在、要と八重が住んでいるのは、都内にしてはけっこう大きな三階建ての一軒家である。要は仕事三昧だし、家の管理はほとんど八重に任せきり。佐島家の本宅は、その八重ですら、もう大きな家の管理はできないと逃げ出すほどの家だと聞いた。きっと『大邸宅』と呼ぶレベルだろう。

そんな家の台所で、普段どおりの料理が作れるだろうか。正直、美音には自信がなかった。

「お料理をするのは全然構いませんけど、場所が……」

戸惑う美音に、要はあからさまにほっとした顔になる。何度断ってもしつこく食い下がる相手に、辟易していたのだろう。

「じゃあ、料理すること自体はOKなんだね？」

「それは全然。でも、あんまり大きなおうちでは……」

「でっかい台所なら仕事がしやすいかと思ったんだけど、そうでもないのか……。あ、じゃあいっそおれの家なら？　前に一度、あそこで料理をしてくれたよね」

あの台所ならどうだろう、と要は相変わらず電話の相手を放置したまま訊ねた。

要の家の台所は、確かに覚えている。夏風邪を引いた八重のために茶がゆを炊いた場所だ。

ずいぶん機能的に作られていたし、一度使ったことがあるからそれなりに勝手もわかる。少なくとも、佐島家本宅よりもコンパクトな造りのはずだ。

「あそこなら、たぶん大丈夫です」

「OK、じゃあうちにしよう」

その後要は、電話の向こうとこっちに質問を繰り返しながら日時を決めた。言葉遣いや内容から、電話をかけてきたのは兄の怜だったようだ。それは、最後の挨拶からもわかった。

「じゃあ兄貴、またな」

その瞬間、美音はあることに気付いてはっとした。終話ボタンを押そうとしている要を慌てて止める。

「要さん！　ちょっと待ってください！」

「なに？」

「なにか苦手なものとかあれば、お聞きしておきたいんですが」

「聞き出してわざと山盛り入れてやるとか？」

「そんなことしません！」

「冗談だよ。兄貴も爺もおれと同じ。苦手なものは……」

「納豆？」

「ビンゴ」

要は笑い、電話の相手を「納豆フルコースだってさ」なんて脅している。そして、唖然としている美音を尻目にあっさり電話を切った。

納豆のフルコースが出てきて一番困るのは自分のくせに……と美音は噴き出しそうになる。

母は京都生まれ、西の人間の息子としては納豆を食品と認めないのは正しい、と要は言い張るのだ。

東京生まれの東京育ち、西で暮らしたこともないくせに、こんなときばっかり西の人間のふりして……とつい苦笑してしまう。

とはいえ、美音も要同様、母は西の人間だ。美音自身、納豆はどちらかというと苦手な部類、店の献立にもあまり使わない。もっともそれは、納豆を料理すると調理器具に匂いが移ってしまう、それでは心底苦手な人に嫌な思いをさせかねない、という父の方針によるものだが……。いずれにしても、要が納豆大好き人間じゃなくてよかったと思う。

食の好みが一致するというのはかなり大事なことだ。出会いは最悪に近かったけれど、要の祖父と兄が揃って納豆が苦手だというのなら、案外上手くやっていけるのではないか。

緊張感満載の訪問を前に、美音はほんのちょっとだけほっとしていた。

†

「要さんのおうちで料理？　それをお祖父さんとお兄さんに食べてもらうの？　だったら、あたしも一緒に行くよ！」

翌日、話を聞いた馨は鼻息荒く宣言した。これには美音もびっくりである。

「え……？　でも、たぶん私ひとりで大丈夫……」

「なに言ってるの！　相手は、お姉ちゃんと要さんの仲を裂こうとして、あんなことをした人たちなんだよ！　虎の穴に飛び込むようなものじゃん。ひとりで行かせられるわけがないよ！」

「それはありがとう、って言いたいとこだけど……」

そこで美音は、表情を読むようにじっくり馨の顔を見つめた。咄嗟に目を逸らした妹に、くすりと小さな笑みが漏れる。

「本当は、要さんの家を見てみたいだけじゃない？」

「うわ、ばれた！　で、でも半分、半分だけだよ？　半分はちゃんと心配してるんだからね！」

「はいはい、ありがとね。とっても心強いわ。でも大丈夫、取って食われるわけじゃないでしょう」

「わかんないよ？」

いきなり正座させられて、尋問されるかも……と馨は茶化した。

ドラマの見すぎじゃないのか、と苦笑したが、馨の言葉には心底姉を心配する気持ちがこもっている。要の自宅への興味はゼロじゃないにしても、心配を数値化できるとしたら、半分では留まらない量だろう。

「本当に大丈夫よ。いくら難しい相手だったとしても、伊達に何年も客商売をやってるわけじゃないわ」

「お客さんとの関係と、これから家族になる人間とじゃ話が違うよ。とにかく、あたしも一緒に行くから！」

料理を作りに行くとはいっても、こちらが訪問者であることに違いはない。行くから、と言われても、勝手に人数を増やしていいものかどうか、判断に迷うところである。

だがそこで、返事に困っている美音に気付いたのか、馨がぱっと顔を輝かせた。

「ねえ、もういっそ、まとめて家族紹介ってことにしてもらったら？」

「家族紹介？」

「うん。結婚するときって親だけじゃなくて、兄弟に会ってもおかしくないでしょ？　これから家族になるんだから、顔合わせは必要だよ」

結婚式そのものが顔合わせの場になることもあるだろうけれど、要と美音の結婚式は参加者の数も多そうだ。親族以外の招待客が山ほどいる中でゆっくり紹介はできないだろう。それなら、前もって顔合わせを済ませておくというのもひとつの方法だ、と馨は言うのだ。

「そう言われればそうね……。じゃあ、まとめて顔合わせってことにできませんか、って要さんに頼んでみようかな……」

そう呟きながら、美音はひとり、ふたりと指を折り始める。人数を把握したあと、これならいける、と判断し、早速要に電話を入れた。

「顔合わせ？」

「ええ。どうせならお祖父様とお兄様だけじゃなくて、お祖母様とお兄様の奥様にもお目にかかれればいいな、って……だめですか？」

「だめなわけがないよ。実は、兄貴たちが君の料理を食べるって話を聞いて、兄貴の嫁さんやお祖母さんにけっこうちくりちくりやられてたんだ。でも、人数が増えると君が大変だってことで、なんとか勘弁してもらった」

どこかで必ず機会を設けるから、と当てのない約束をしてしまったらしい。しばらくはなんとかごまかせるだろうけれど、この先どうしよう……と要自身が困っていたそうだ。

「なんだ……じゃあちょうどよかったんですね」

「渡りに船。でも本当に大丈夫？」

「もちろん。一度に済むし、人数が多いほうがあれこれごまかしがききます」

「みんなが君に注目するよ？」

「それは平気です。これでも私、客商売ですから」

店の客が自分を見ることには慣れている。しかも、要の祖父と兄はどちらかというと寡黙(かもく)な部類らしいし、間を持たせるための会話なんて望めそうにない。それなら人数を増やし、女性陣にも参加してもらったほうが、気詰まりな沈黙を避けられるのではないか。

美音はそんなふうに考えたのである。

「そのかわり、こちらからも馨を連れていかせてください。その人数だと、やっぱり助手がほしいですし……」

「是非。顔合わせなんだから、馨さんがいなくちゃ話にならない」

「ですよね。それで、人数は……」

そこでふたりは、参加予定者を数え始めた。

「お祖父様とお祖母様、お兄様ご夫婦にお母様……五人でＯＫですか？」

「プラス君と馨さんとおれ。顔合わせなんだから、呑んだり食ったりはみんなでしないと」

「そうでした」

じゃあ、全部で八人ですね、と人数を確定したあと、美音は早速献立を考え始めた。

次々料理の名をあげる美音の声を聞きながら、要は、ため息を抑えられない。いつもながら、美音の潔さに頭が下がる。

祖父や兄との過去の経緯にまったく頓着していない様子というだけでも見上げ

たものだと思うのに、慣れているとは言い難い台所で作る料理の量をさらに増やすという。どう考えても、並大抵の心臓ではなかった。

「お酒はたくさん召し上がりますか？」

「おれの家族だからね。おふくろはランチタイムでも平気で一杯やるタイプだよ」

それを聞いた美音が、電話の向こうで思わせぶりに笑った。なんとなく、もう知ってます、と言わんばかりの笑い方で、要は不思議な気持ちになる。母と美音が昼食を共にした機会などなかったはずだが……と首を傾げていると、美音の取り繕うような声が飛び込んできた。

「お母様のことはわかりました。それで、他のご家族は？」

「みんなおれの家族だからね。クソ爺と兄貴は酒豪、他もそれなりだよ」

「それなりというと？」

「ウワバミとまでは言わないけど、それなりに呑むってこと。もちろん、君ほどじゃない」

要の言葉に、美音はひどく不満そうな声を出した。

「要さん、私がどれぐらい呑むかなんてどうしてわかるんですか？」

付き合い始めてから、ふたりで食事に行く機会も増えたし、酒を呑むこともある。とはいえ、少し呑んでしっかり食べて、がふたりの基本だから、限界まで呑んだことなど一度もない。

それでどうして私の酒量が見極められるんですか、と美音は問い詰めるような口調で言った。真剣そのものの声に、思わず要は噴き出しそうになる。

「だって君、自分で申告してたじゃないか。潰れたことなんてないって」

以前、無理やり店を閉めさせてバーに連れ出したことがあった。そのとき、カウンターに並んで腰掛けて聞いた中に、美音を潰して『お持ち帰り』しようとした先輩を返り討ちにした、という話があった。それだけでも美音の酒の強さを知るには十分だ。そもそも酒のファーストトライで、メロンフィズを立て続けに二杯呑んだにもかかわらず、ちょっとふわふわしただけだという。しかも当時の美音は小学生だったというのだから、末恐ろしいにも程がある。

「君は酒に強い。たぶん酒豪だよ。否定できる？」

「できま……せん……」

根っからの正直者、嘘なんてつけないからこそ、否定はできなかったのだろう。

そして、美音はひどくつまらなそうに言った。

「お酒に強いって、女にとっては褒め言葉じゃないですよね。むしろハンデ」

「なんで？」

「だって……隙がない感じで、可愛くないでしょ？」

　そもそも呑み会も合コンも、十中八九、介抱役になってしまう。くだを巻く友人を四苦八苦してタクシーに押し込んだり、具合が悪くなった友人を部屋まで送っていったり……。部屋に入ったとたん、玄関先で眠り込まれ、布団だけかぶせて帰宅したこともある、と美音は不満をぶちまける。

　友人たちは美音が酒に強いことも、とんでもなくお人好しで面倒見がいいことも知っているから、美音が参加しているとき、あてにして羽目を外すことが多かったそうだ。

　それでは、美音が楽しむことなどできっこない。もちろん、誰かと良い雰囲気になることも……

「つまんないですよ、酒に強い女なんて。自分で望んでなったわけじゃなくて、最初から強かったんです。もうね……お父さんとお母さんの遺伝子を返上したいぐらいでした」

美音はぶつぶつ言い続けているが、要としては、彼女の両親の遺伝子にはこの先も全力で頑張ってほしい。

その酒の強さ故に、誰かと深い仲になることもなかったのだ。無事、自分のところに辿り着いたのが、両親の遺伝子のおかげだとしたら、感謝感激雨あられだった。

「まあ、職業柄、酒には強いほうがいいのは確か。問題ないよ。ということで本題、本題」

慰めにもならないようなことを言ったあと、家族の嗜好をあれこれ伝えながら、ふたりは献立の検討を再開した。

†

「いらっしゃい、美音さん！　ようこそ、馨さん！」

『顔合わせ』当日、食材その他、運ぶものも多いだろうから、ということで要が車で自宅まで迎えに来てくれた。そして要といっしょに彼の家に入ったところで、八重の熱烈歓迎を受けたのである。

玄関先での出迎えは予想の範疇(はんちゅう)ではあったが、八重の後ろからふたりの女性がひょっこり顔を出したのには驚かされた。

「ごめんなさいね。約束の時間にみんな一緒に来てもらうつもりだったんだけど、どうしても舞台裏が見たいって……」

迷惑でしょうけど勘弁してね、と詫びながら、八重は要の祖母の紀子(のりこ)と怜の妻の香織(かおり)を紹介した。

面食らいはしたもののそこは長年の客商売、無難に挨拶を返す。同時に、これは当然の成り行きだろうとも思う。

もしも逆の立場だったら、美音だって、どんな料理をどんな風に作り上げるか知りたい、間近でつぶさに見たいと思うに違いない。特に、要と八重が口を揃えて絶賛する、プロの料理であればなおのことだった。

とはいえ、今日の美音は『ぼったくり』の店主としてここに来たわけではない。あくまでも要の婚約者として挨拶に来たのだから、普段のようにカウンターの向こうとこちらに分かれっぱなしの状態はためらわれた。和気藹々（わきあいあい）とはいかないまでも少しは距離を縮めたい。美音がそう考えていると、八重がこれまたすまなそうに言う。

「本当にごめんなさい。そのかわり、お手伝いできることがあったらなんでもするから言ってね」

それを聞いてはっとした美音は、八重の言葉に甘え、佐島家の女性たちに頼み事をすることにした。

とはいえ、美音の頼みは単なる『お手伝い』ではなかった。

「香織さんは怜さん、紀子さんは松雄さん、八重さんは要さんが一番好きなお料理を作ってくださいませんか？　みなさんがどんなお料理、どんな味付けをお好みか教えていただきたいんです」

いずれは家族になるのだから料理だけではなく、他のことについても教えたり教わったりしていきたい。美音は自分の申し出に、そんな思いを込めた。だが、それがちゃんと伝わるかどうかは、相手の受け取り方次第。若干の不安を覚えつつ、美音は女性陣の言葉を待った。

「そうね！　家族の集まりなのにひとりだけが台所に立つなんておかしいわよね！」

まず八重がそう言って大きく頷いてくれた。続いて紀子もにっこり笑う。

「せっかくの機会だから、美音さんにプロのお料理を習いたいって思ったんだけど、私にも美音さんに教えられることがあるなんて嬉しいわ」

八重はもちろん、紀子の好意的な発言に、美音はひとまず胸をなで下ろした。けれど、最後のひとり、香織は見るからに眉を顰めている。そして、その表情のまま口を開いた。

「お料理を作るのはかまわないんですけど、怜さんが好きなのって、子どもみたいなものばっかりなんです。カレーに唐揚げ、ハンバーグ……わざわざ作るようなものじゃない、っていうより、作り甲斐のないことこの上なし！」
聞いた途端、その場にいた香織を除いた四人の女が噴き出した。思い当たることがたっぷりあるらしい要も、くっくっと笑っている。
「兄貴は昔から脳みそばっかり磨いてて、舌は置き去りだったんじゃない？」
「まったくねえ……。どうしてこんなに違いが出ちゃったのかしら？　同じものを食べさせて育てた要は、それなりに大人の味覚になってるのに……。ごめんなさいね、香織さん」

嘆かわしい、と言わんばかりの顔で八重が謝った。

香織は即座に、お義母様のせいじゃありません、好き嫌いはあくまでも本人の問題です、ときっぱり否定した。

そのやり取りを聞いていた馨が、美音にこっそり囁く。

「嫁姑(しゅうとめ)問題はなさそうだね」

香織と八重は言うまでもなく、八重と紀子の間も円満そうだ。そうでなければ、夫を放置して八重の住む家に先乗りしてくるわけがない。

とかく嫁と姑はうまくいかないと言われがちだが、この様子なら美音と八重もきっと大丈夫。馨は、心底安心したようにそんなことを言った。

――馨は、私が佐島家の人たちに虐められないか心配してくれてたのね……

いつも心配させるばかりだった妹が自分を心配する、そのくすぐったさに結婚とはまた違う幸せを感じた。

姉妹のやりとりに気付かなかったのか、はたまた気付いていても知らぬふりをしてくれたのかは定かではないが、佐島家の女性陣は美音と馨をそっちのけで冷蔵庫の中を覗き込んでいる。

「あら……お料理を作るのはいいんだけど、材料がないわ。今日は美音さんがお料理してくれるって聞いてたから、お買い物もしていないし……」

「ごめん、母さん。おれが、美音が食材をたくさん持ち込むだろうから、冷蔵庫を空けておいてって言ったせいだよね」

「たまたまよ」

八重は要の言葉を否定するように笑う。食材のことまで考えなかった自分を責めながら、美音は慌てて前言を撤回した。

「すみません！　そんなことなら、お料理は……」

「とんでもない。材料なんて買いに行けばいいだけのこと。ってことで、お義母様、香織さん、お買い物に行きましょう。要、車を出してね」

「はいはい、どこへなりとお連れしますよ、奥様方！」

やけくそのような言葉に、香織が嬉しそうに言う。

「『おれは美音と一緒にいたいのに』って、顔に書いてあるわよ。でも、私たちは運転できないし、お願いね、要さん」

「おやおや……それは申し訳ないわね。でもスーパーまで歩いていくのはちょっと……ってことで、美音さん、要をお借りするわね」

「お気をつけて」

「あら、意外とあっさり『貸し出す』のね」

その言葉にぎょっとしたような顔をする美音、そして要をひとしきり笑ったあと、佐島家の女性たちは『運転手』を引き連れ、賑やかに出かけていった。

八重たちにも料理を作ってほしいと頼んだ以上、さっさと作業を終えて台所を明け渡さねばならない。ここからはスピード勝負、とばかりに美音は腕まくりをする。

馨も同じくエプロンの紐をぎゅっと締め、ふたりは料理に取りかかった。

怜と松雄が八重の家にやってきたのは、約束の時刻よりも一時間も早い午後五時だった。

「あら、もう来ちゃったの？」

なんて、約束の時間よりも半日以上早く来た自分たちを棚上げにして紀子が言う。

「いや、今日は土曜日だし、急ぎの用もなかったし、な……」

松雄が、とってつけたような言い訳をする。

「でも、怜さんは、今日はどこかにお出掛けになってから、って言ってませんでした？」

香織に訊ねられた怜も、あの予定は別に今日じゃなくてもよかったから……と口の中で呟いている。

結局みんな待ちきれなかったのね……と美音はこぼれる笑みを抑えられなくなる。

美音に会いたかったのか、美音の料理を食べたかったのか、あるいは美音が持ってくるに違いないとびきりの酒を呑みたかったのか。

いずれにしても、全員が予定よりも早くやってきた。美音はそれが嬉しくてならない。

長年の客商売だし、客相手に失礼なことをして叱られた経験もない。けれど、こればかりは客とは同列に語れない。要の家族に受け入れてもらえなかったらどうしよう……と不安でならなかったが、どうやらその心配はなさそうだった。

大勢で進めているせいで台所はてんやわんや、それでも和やかに会話しながら料理していると、要がやってきた。

「先に呑み始めちゃっていいかな？」

「じゃあ要さん、お酒は野菜室に入ってますから選んでください」

「大役だな」

そう言いながら冷蔵庫を開けた要は、中の様子に目を見張った。

「これ、既に野菜室じゃないよね？」

「ごめんなさい。占領しちゃいました」

野菜室には酒が詰め込まれていた。『ぼったくり』で出される酒のうち、特に人気が高いだろう銘柄が何本も、それに日本酒だけではなく、ビールもワインも入っている。たくさんありすぎて、選ぶのは至難の業だった。

助けを求めるように美音を窺ったのに、彼女は素知らぬ顔をしている。

今日の集いは、ある意味嫁試しのシチュエーションだというのに、なんでおれが美音に試されることになっちゃうんだ……と脱力しながら、要はいったん野菜室という名の酒蔵を閉めて、美音に向き直った。

「最初に出す料理は？」

「要さん、ワンポイント獲得！」

ふたりのやり取りを聞いていた馨が、高らかに宣言した。

料理との相性も考えずに酒を取り出すようでは、『ぼったくり』店主の連れ合いは務まりません、なんて、したり顔をする馨を、要は軽く睨んだ。

「おれだって、それぐらいはわかってるよ。それで？」

「まずは、イカナゴの釘煮です」

そう言いながら、美音は濃い青色の小鉢をお盆にのせる。

中高に盛られているのはイカナゴの釘煮だ。瀬戸内に面する地域で二月から四月頃までに取られるイカナゴを使って作られ、春の風物詩のひとつとなっているこの料理は、生のイカナゴを煮た姿が折れ曲がった釘のように見えることから『釘煮』と呼ばれているそうだ。

要も食べたことがあるが、少々甘みの勝った濃い味付けが、ご飯のおかずや酒の肴にもってこいの逸品だった。

少し大きめに育ったイカナゴをさっと釜ゆでにして生姜醤油で食べる方法もあるが、保存性では圧倒的に釘煮が勝る。イカナゴが手に入る地域では、春先に作ったものを小分けにして冷凍し、一年中楽しむのが常だと聞いていた。

「これ、私の友だちがお母様と一緒に炊いたものなんです。毎年春になると、たくさん送ってくれて……」

美音曰く、せっかくの友人の心遣いだから商売に使うことはせず、家族で大事にいただいている、今日は親族の集まりだし、突き出しにちょうどいいと思って持参したとのことだった。

密閉容器に入った釘煮を、八重がちらちら見ていた。それに気付いたのか、美音はにっこり笑って八重に手の平を出させ、一箸のせている。八重は目を輝かせ、早速ぱくりとやった。

「そうそう、こんな味だったわ。これ、ちりめん山椒（さんしょう）とはちょっと違うけど、生姜がきいてて美味しいのよね。お酒にもぴったり……」

日本酒の冷やと一緒にいただいたら、さぞや美味しいでしょう、と八重は呑兵衛そのものの台詞（せりふ）を口にする。見たところ、八重や紀子、香織の料理は既に終わったようで、作業をしているのは美音と馨だけ。彼女らにしても、最後の仕上げや盛り付けを残すのみなのだろう。

これなら……と要が誘いをかける前に、美音が口を開いた。

「ありがとうございました。皆さんも、あちらに……」

要たちと一緒に呑み始めることを勧めた美音に、八重はあっさり首を横に振った。

「そうさせていただきたいのは山々だけど、美音さんと馨さんを置き去りにはできないわ」

ここはお店じゃないんだから、あなたたちだけを働かせておくわけにはいかない、と紀子と香織も口を揃えた。

「本来、美音さんたちはお客様なのに、お料理をしてもらっただけでも申し訳ないと思ってるわ。そうじゃなくても、女は台所にこもりっぱなし、なんて前時代的すぎるし」

そんな台詞(せりふ)を口にしたのは、意外にも一番年長者である紀子だった。どうやら、男が呑んで女は働く、という姿に前々から不満を覚えていたらしい。

確かに今は男女平等の時代。酒食を提供する商売ならまだしも、普通の家庭で女性だけが立ち働いているのを気にする人も多くなっているだろう。ホームパーティの場合もホスト夫妻が並んで、あるいは交替で料理をするという形が増えてきているようだ。おそらく紀子は、客が来たら女性は台所にこもりきり、というのが当たり前の世代。それだけに、逆戻りはまっぴらごめんと思っている可能性も高かった。

とはいえ、料理はほぼ終わっている。このまま女五人で台所にいてもすることがない。そう思っただろう美音は、再度八重たちを促した。

「大丈夫です。もうほとんど終わりました」

「あら……そうなの？」

「そうなんです。突き出し代わりのイカナゴの釘煮のあとは、お刺身の盛り合わせ、ヒラメの昆布締めも入っています。旬なので脂がしっかりのって、淡麗なお酒にもよく合うんですよ。申し訳ありませんが、これ、あちらに運んでいただけますか？」

そう言うと、美音は刺身の大皿を香織に渡した。さらに、刺身に続く料理の説明を添える。

「お野菜は和え物、サラダ、筑前煮の三種類です。鰤がもうすぐ焼き上がりますし、手羽先もグリルに入っています。ピリ辛のタレを塗って焼いたので、大人の味わいです」

――ピピッ、ピピッ、ピピッ……

ちょうどそのタイミングでタイマーが鳴り、手羽先が焼き上がった。美音は手早く料理を皿に盛り付け、今度は八重に渡す。

「冷めないうちにお願いします。私たちもお魚が焼けたらすぐに行きますから」

美音の言葉で、八重たちは急ぎ足で大きな座卓が据えられた客間に移っていった。新鮮な刺身と、焼きたての手羽先に、早く食べたい気持ちを増幅されたのだろう。

美音が鰤（ぶり）の焦げ目を確かめながら訊ねてくる。

「お酒決まりました？」

「うん、決まった。これにするよ」

そう言いつつ要が取り出したのは『久保田（くぼた）　千寿（せんじゅ）』。新潟にある朝日酒造（あさひしゅぞう）株式会社の代表的銘柄である。まろやかな口当たりと穏やかな香りを持つ吟醸酒で、全国で広く愛されている。ふくよかな甘みが、イカナゴの釘煮やヒラメの昆布（こぶ）締めの味を引き立ててくれるはずだ。

「お見事です」

美音が、難問を解き終えた生徒を褒めるように頷いた。要は自慢げに、ふふん、と鼻を鳴らし、酒瓶を手に客間に向かった。


座卓の一番上座は松雄、隣に怜、要が座っている。反対側は、紀子、八重、美音、馨、香織と女性陣が並ぶ。『顔合わせ』という目的上、当初、美音と馨の席は松雄の向かいに用意されていたのだが、調理の関係で席を離れることもあるし卓の中程が望ましいだろう、と八重が席替えを提案してくれたのだ。

美音と要を別れさせようとした『処理』の件には触れない、という暗黙の了解はあるものの、面と向かうのは気まずい……と思っていた美音は、八重の配慮に頭が下がる思いだった。

それぞれの盃(はい)に酒が満たされた。

「では始めましょうか」

家主の八重の声で宴が始まる。どの盃に入っているのも日本酒。とりあえずビールという発想は微塵(みじん)もない家らしい。美音にしてみれば、嬉しいような、恐ろしいような……だった。

そっと馨を窺うと、馨もこっちを見ていて、日本酒で乾杯ってすごいよね、と美音だけに聞こえるような声で囁く。さすがは姉妹、思うところは同じらしかった。

座卓の上には、所狭しと料理が並んでいる。

八重と要のふたり暮らし、しかも普段要は留守がちである。食器、特に大皿が揃っているとは思えなかったため、美音は食器も持ち込んだ。大半の料理は、その大皿にどーんと盛り付けている。

こうしておけば好きなものを好きなだけ食べられる。口に合わないものもあるだろうし、それぞれが食べる量もタイミングも違うだろうから……と考えてのことだった。

「壮観ねえ……」

紀子は感嘆の息を漏らし、香織は写真を撮り始めた。どうやらSNSに記事をあげるつもりらしく『いいね』が増えるの増えないの、と嬉しそうに怜に話している。

「佐島建設の社長夫人がSNSに夢中なの？」

馨は驚いたようだが、彼女自身もSNSを頻繁に利用している。実名が義務づけられているサイトなら簡単に辿りつけるし、もしかしたらSNSでの交流も始まるかもしれない。

女性はいずれも料理に満足してくれている様子。では男性たちは？　と美音は向かい側に目をやった。

要が料理の説明をしてくれている。イカナゴの釘煮を除けば、どれも一度は『ぼったくり』で食べたことがある料理のため、よどみなく説明が進んでいく。説明の傍らで、松雄は要が取り分けた料理のひとつひとつをじっくり眺めて口に運ぶ。

あまり表情が変わらないから、気に入らないのだろうか……と心配していると、紀子が笑いながら言った。

「美音さん、あの人、かなり気に入ったみたいよ」

昔の男だから、食べ物についてあれこれ言うのは好ましくないと思っている。

けれど、気に入らないものは絶対に食べないし、文句だけは大声で言う。そのどちらでもなく、せっせと食べているのだから気に入っているに違いない、と紀子は言うのだ。

「ちっともお箸が止まらないでしょ？　普段ならお酒のときはほとんど食べない人なの。それなのにこの有様」

「そうなんですか……」

紀子の解説で、美音は胸を撫で下ろした。

『ぼったくり』の客はみな、酒や料理についての感想は言うのが当たり前、客の意見が店を育てるのだ、という考えの人ばかりだ。だから、無言で箸を運ばれると、ついつい不安になる。だが、紀子がそう言うのであれば、本当に気に入ってくれているのだろう。

続いて、香織が口を開く。

「怜さんもよ。もともとお子様嗜好だから、煮物を食べるのは珍しいの。よほど気に入ったのね、あの筑前煮」

「最初に胡麻油でしっかり炒めてありますから、普通の煮物より食べやすいのかもしれません」

煮物よりも炒め物に近い。それぐらい、はっきりと胡麻油の香りがする。味も少々濃い目にした。

野菜本来の味を消してしまう可能性もあったが、『お子様嗜好』と揶揄される怜にはそのほうが食べやすかったようだ。

宴席では、往々にして話が弾んで料理が置き去りになる。焼き物も、冷めても美味しく食べられるように、と塩焼きではなく照り焼きにしたけれど、冷めないうちにそれぞれの胃袋に収まった。

予想よりもずっと速いペースで空になっていく皿に、美音はまたひとつ安心を得る。

——よく食べる人たちで本当によかった。品数が多くなれば、どうしても総量が増える。小食な人ばかりだと、あっちこっちでお料理が残ってしまう。それは料理人にとって、なにより悲しいことだもの……

次々と空になっていく皿を見ながら、美音はそんなことを思っていた。

「美音、そろそろ串揚げにいったらどう？」

要が盃の酒をぐいっと呑み干して言った。

献立の相談をしたため、彼はある程度どんな料理が出てくるか知っている。しかも、要は串揚げが相当好きらしい。

一品ぐらい熱々のものを出したい。鍋料理でもいいが、ボリュームがありすぎてメインになってしまうし……と悩んだ美音に、じゃあ、串揚げは？　と提案したのは馨だ。串揚げなら、それぞれのお腹に合わせて食べられるし、いろいろ具材を用意すれば好き嫌いにも対応しやすい、なによりあの人数となると、鍋ひとつでは足りなくなるのではないか、と言うのだ。

そのとおりだと思ったものの、場所は要の家、しかも使われるのはおそらく客間だろう。台所でさえ、油で汚れるのを嫌う人は多い。ましてや客間である。揚げ物が許されるかどうか、大いに疑問だった。

ところが馨は、あっけらかんと言った。訊いてみればいいじゃん、と……。それどころか、さっさとスマホを取り出して、要に連絡してしまった。

『お料理に串揚げを入れたいんですけど、お部屋は大丈夫ですか？』

返ってきたメッセージは至ってシンプルだった。

『串揚げは大好物。是非！』

ほらね、と馨は得意そうに言ったが、美音にしてみればそれはあくまでも要の意見、八重がどう考えるかのほうが大事だ。馨をせっついて八重の意向を確認してみたが、それに対する返事もこれまた短いものだった。

『なんでもやって、美味しいものは大好き、とのこと』

本当だろうか……と疑いながらも、要は『絶対串揚げ！』と猛プッシュしてくるし、馨の言うとおり串揚げは融通がきく。一か八かの気分で、美音は献立に串揚げを入れた。

準備を始めるにあたって、美音は恐る恐る八重に、本当に串揚げでいいのか、と訊ねてみた。返ってきたのは「もちろん。揚げたての串揚げを家で食べられるなんて素敵じゃない？」という言葉だった。その喜びようからして、油問題など気にも留めていないことがわかり、ほっとしたのだった。

そんな経緯で決定された串揚げだったが、初っ端から出す料理ではない。それがわかっていただけに、要もじりじりしながら待っていたのだろう。そろそろ……というのは、空になった皿を確認しての提案だった。

「そうですね。じゃあ、用意します」

言うか言わないかのうちに馨が台所に向かった。慌てて美音も立ち上がり、彼女に続く。カセットコンロと天ぷら鍋、衣をつけて揚げるだけにしてある食材が入ったバットを運ぼうとしていると、香織が空いた皿を下げてきてくれた。後ろには、彼女以上にたくさんの皿を持った要がいる。

「串揚げですって？　楽しみだわ」

「準備ＯＫ、コンロを置く場所は確保してきたよ」

「ありがとうございます」

ふたりに深々と頭を下げる。だが、頭を上げたときにはもう要は天ぷら鍋とコンロを持って去ったあとだった。

「要さん、どれだけ串揚げが食べたいのよ」

馨は噴き出し、香織もくすくす笑っている。

要はカセットコンロを置くなり火をつけて、油を温め始めているに違いなかった。

「急ぎましょう」

美音は食材が入ったバットを馨に渡し、自分は調味料を運ぶ。手ぶらで戻るのもなんだし……と手伝ってくれた香織が、種類の多さに目を見張った。

「こんなにたくさんあるのね……」

塩はもちろん、ソースは中濃とウスターの両方。味噌ダレ、梅ダレ、オーロラソース、わさび塩に抹茶塩（まっちゃじお）、馨が面白がって作ったカレー塩もある。櫛形（くしがた）に切ったレモン、レモンと相性がいい醤油（しょうゆ）も用意した。

「お好きな味で召し上がってくださいね」

美音の言葉で、串揚げが始まった。

玉葱が甘いだの、海老がぷりぷりだの、このササミには紫蘇が巻いてあるのね、なんて分析もまじり、場が一気に賑やかになる。

衣をつければ見た目はどれも似たり寄ったり、中身は想像するしかない串揚げは、ある意味びっくり箱だ。童心に返ってはしゃぎたくなるものなのかもしれない。

要は揚がるはしから次々手を伸ばすし、怜もそれに倣う。香織曰く『お子様舌』だけあって、やはり煮物や魚よりも串揚げが気に入ったのだろう、とのことだった。

串揚げが始まった時点で、怜は飲み物をビールに変えた。

銘柄は『アサヒスーパードライ』。出ては消え、消えては出る、が激しいビール業界において、発売されてから三十年以上、ビール党の絶大な支持を保っている商品だ。日本におけるドライビールの先駆け、ドライ戦争の発端となった銘柄であるが、怜はこれ以上に素晴らしいビールはないと言う。

「もともとビールの種類は多いし、今は旨い地ビールもたくさん出てる。でも、いくら旨くても呑みたいと思ったときに手に入らないようじゃ意味がない。その点、このビールはコンビニでもスーパーでも、どうかすると自販機ですら買える。

値段だって良心的だ」

他社メーカーから出されているものでも、怜の言う条件を満たすものはあるだろう。けれど、彼にとっては『アサヒスーパードライ』こそが珠玉、ここまで惚れ込まれれば、メーカー冥利に尽きるのではないか。

何でも選べる状態にあってなお、ひとつの銘柄を呑み続ける。それは、日々知らない銘柄、旨い酒を探し続ける美音とは対極の姿勢だ。だが美音のそれは居酒屋の店主であるが故の特性で、客とは立場が異なる。怜のように『究極の一銘柄』を持てるのは幸せなことだ。

美音は、満足そうにグラスを傾ける怜を見ながら、酒を扱う者として、客が『究極の一銘柄』を見つける手伝いができたらいいな……なんてぼんやり思っていた。

一方、要は『久保田　千寿』の最後の一滴まで大事に呑み終え、大満足のため息とともに『大多喜城（おおたきじょう）　純米吟醸』へと移った。

封を切り、まずは……と松雄の盃（はい）に注ぐ。早速、ぐびり、とやった松雄が感に堪えかねたような声を漏らした。

「呑んだことがない酒だが、これはなかなかどうして……」

それを聞いた美音は、鏡を見なくても自分が満面の笑みを浮かべていることがわかった。料理と同じぐらい、持参した酒を気に入ってもらえたことが嬉しかった。

「兄貴、それはおれの海老だ！」

「お前はさっき、俺のチーズはんぺんを食っただろう！」

油の入った鍋を前にして、兄弟喧嘩が始まった。

その様子を見て、紀子が笑い出す。

「子どもじゃあるまいし、あなたたち、いったいいくつになったのよ！」

八重は苦笑しつつ、芝居がかった仕草で紀子に詫びる。

「すみませんお義母様。佐島家の跡取りをこんな馬鹿者に育ててしまいました……」

香織は香織で面白がっている顔、かつ少々残念そうに美音に囁いてくる。

「私たち、その『馬鹿者』に人生を預けちゃったのね……。困ったわ、どうしましょう?」

どうしましょうって言われても……と、困っていると、馨が代わりに答えた。

「でも、お姉ちゃんはまだキャンセルできるよね?」

「美音！　キャンセルはなし！　絶対なしだ‼」

真剣そのものの要の声に、それまで賑やかに騒いでいた佐島家の人たちが一斉に話を止める。

さすがに悪のりしすぎたと悟ったのか、慌てて馨が謝った。

「要さん、地獄耳……ってか、ごめんなさい！　悪い冗談でした」

しきりに頭を下げる馨、静まりかえる客間……

どうしよう、これまでずっと和やかだったのに……と思っていると、松雄が静かに盃を置き、香織を見た。続いて、美音を……

「なあ、香織さん、それから美音さんも。怜は確かにぼんぼんで甘ったれだし、要はその逆方向に大馬鹿者だ」

「ぼんぼんで甘ったれ……」

「誰が大馬鹿者だよ……」

松雄は、恨めしげな顔をしている怜と要をまるっきり無視して話し続ける。

「でもなあ……こいつらふたりとも今はこんなだが、根は悪くないし、見所もまったくないこともない。あと二十年ぐらいしたらいっぱしの男になるはずだ。ここはひとつ、長い目で見てやってくれないか」

松雄に真剣な顔で言われ、美音は恐縮して頷いた。もちろん香織も同様だ。これでこの場は収まる、一件落着……と安堵したとき、馨がまた口を開いた。

「二十年って、ちょっと長すぎない？　もう少し急いだほうが……」

貫禄たっぷりの松雄の言葉に、これからなにとぞよろしく、という名場面だったのに、松雄は呑んでいた酒を噴くし、怜と要はさらに情けなさそうな顔……。そして、佐島家の女性たちは揃って大笑いしている。ぶち壊しもいいところである。

それなのに、馨はさらに言葉を重ねる。最早、あえて『ドツボ』に嵌まりにいっているようにしか思えなかった。

「えーっと、あの……あの……あ、そうだ！　たとえ要さんが二十年育成コースでも、お姉ちゃんは、あたしみたいなのが妹だってこと以外に大して欠点はありません。だから大丈夫だと思います。これからのふたりをよろしくお願いします！」

「馨の馬鹿‼」

たまらず上げた美音の悲鳴のような声で、今度こそ全員が爆笑した。

息ができないほど笑ったあと、ようやく話せるようになった八重が言う。

「はいはい、わかったわ。馨さんもよろしくね」

「ふたりは大丈夫。それにしても馨さんは楽しい人ね」

「ぜひまた、ご一緒しましょう」

紀子、香織も次々と馨に声をかけてくれた。場の雰囲気はまた賑やかで楽しいものに戻り、美音がほっとする中、新たな料理が出された。

紀子が作った巾着煮（きんちゃくに）、香織の塩味のしっかりきいたハンバーグ、そして八重のササミのたたきである。どれも見るからに美味しそうだ。

自分以外が作ったもの、特に家庭料理を食べる機会など滅多にない美音は興味津々（きょうみしんしん）、熱心に作り方や味付けのこつを訊ねる。

油揚げの中に野菜や餅、卵を入れた巾着煮は美音もよく作るし、おでんの具にもする。だが、それをコンソメで煮込むなんて初めてだったし、タネ自体にこんなにはっきりと味がつけてあるハンバーグも食べたことがなかった。

薄めのコンソメで煮込んだ巾着は優しい味わい、塩味のハンバーグはケチャップを付けると味のバランスがとてもいい。『お子様嗜好』の怜でなくても、癖になりそうだ。

八重のササミのたたきは、鶏のササミにさっと火を通してスライスしたものだが、正直に言えば少々安全性が危惧される。だが、そんな心配を察したかのように八重が説明してくれた。

「このササミ、鶏の専門店で『生食用』って書いてあるのを買ったのよ。お料理としてはすごく簡単なのに、とっても美味しいの。最近『生食用』が品薄だから、お店にあってよかったわ」

「あ、そうなんですか。よかった、実はちょっと心配してたんです」

香織がほっとしたように言うと、八重はさもありなんと頷く。

「でしょ？　美音さんもプロだからそのあたりは絶対に気になると思って」

そして八重は、大丈夫ですからね、と美音ににっこり笑った。

――素敵な人たち、なんていい家族なんだろう……

美音は心底そう思った。

美音が作った料理を散々食べたあとでも、慣れ親しんだ妻や母の料理が出てきた瞬間、目を輝かせる。身体だけでなく、気持ちの上でも、安心して料理を味わえるように配慮する。そこには、お互いに対する思いやりが満ち溢れていた。

こんな家族だからこそ、いったん道を外れかけた要であってもちゃんと戻ってこられた。

なにかがあったらこの家族のところに戻れる、みんなが助けてくれると信じられれば、どんな困難にも立ち向かえる。

佐島家の男性、いや女性も含めて、おそらく一筋縄ではいかない人ばかりだ。

それでもお互いに支え合って生きてきたし、これからも生きていくのだろう。

――私と要さんもそんな関係でありたい。足りないところを補い合って、末永くともに歩いていきたい……

美音がしみじみとそんなことを考えていると、要がひどく不満そうな声を出した。

「ササミのたたきは旨いし、この肉は安全。でも、母さん！　これって別におれが特別好きな料理じゃないよね！」

聞いたとたん怜と香織、そして紀子までも爆笑した。

そういえば、要の好物がササミのたたきだなんて聞いたことがなかった。自分が知らなかっただけだと思っていたけれど、要が異議を唱えるところをみると、本当に好物ではないのだろう。それにしても不思議だ。普段であれば、たとえ自分の好物じゃなかったとしても、こんな場面で文句を言うことなどないのに……

戸惑いつつ八重を窺ってみても、彼女は余裕たっぷりの笑みを浮かべているだけで、説明しようともしない。代わりに口を開いたのは怜だった。

「要の好物は、ササミのたたきじゃない。でも母さんはササミのたたきを作った。なぜならそれは、おまえより大事な奴の好物だからだ」

「どういうことですか？」

狐につままれたような顔になった美音に、ようやく八重が説明してくれた。

「当たり前でしょう。みんな好きな人のために料理を作っているのに、どうして私だけが息子の好物を作らなきゃならないの？」

「ごめんなさい！」

美音はすごい勢いで深々と頭を下げた。

正直に言えば、美音は要が普段どんなものを食べているか、どんな味付けが好みなのか知りたかっただけだ。紀子や香織は半ば付け足し、彼女らに要の嗜好は わからないだろうから、夫たちのためにと頼んだのだ。けれど、八重にしてみれば、自分だけ息子の好物を作るなんて、面白くなかったのだろう。

慌てて謝る美音を、いいの、いいの、となだめながら八重は言葉を足した。

「実際、私の夫はとっくに亡くなってるし、私が食事を作っている相手は要だけだから、この子の好きなものを、って美音さんが言うのは当然。でも、本音を言えば、私だって好きな殿方のために料理を作りたいって気持ちがあったの。それで作ったのがこの料理、ってわけ」

「本当にごめんなさい。じゃあ、ササミのたたきは、要さんのお父様がお好きだった料理なんですね」

八重の好きな人だというからには、亡くなった夫に違いない。だが、美音の言葉に返ってきたのは、さらに不満そうな要の声だった。

「親父だったら、まだ許せるけどね！」

要は、もうこれ以上ないというぐらいむくれている。

それまでずっと笑い続けていた香織が、見かねたように理由を話してくれた。

「美音さん、これってね、佐島家に代々伝わる飼い猫のご馳走なのよ。お利口さんにしていた猫はご褒美にササミのたたきをもらえるの。お義母様って、なんてウイットに富んでるのかしら。最高だわ！」

「えー！　ってことは、タクなの!?」

馨が素っ頓狂な声を上げた。だが、八重は涼しい顔でタクにササミを一切れ食べさせる。

そういえば今日、タクはずっと八重の側にいた。

八重が忙しそうにしているのをじっと見ていたり、足下にまとわりついたり……。見慣れない人たちがうろうろする中で、聞き慣れない音がするたびに八重のもとにぴゅーっと走っていく。たとえそこに要がいても、見事に素通りだった。とはいえ、客たちに悪さをすることは一切なかったから、お利口さんな猫としてご褒美をもらう資格は十分だろう。

「あーもうわかったよ。母さんは、おれよりタクが大事なんだね！」

「あたりまえじゃない。私がいつまでもおまえにまとわりついて、息子大事息子大事、なんて言ってたら、美音さんが困るでしょ」

「だからってタクのほうが上って……」

「欲張るんじゃない。おまえにはもう美音さんがいる。美音さんなら、猫よりもおまえを大事にしてくれるさ……たぶん」

とうとう松雄にまでからかわれ、要はがっくり首(こうべ)を垂れた。タクは我関せずと優雅に毛繕(けづくろ)いをしている。もちろん、タクがいるのは八重の脇だ。

みんなの注目を浴びたせいか、タクがちょっと不安そうに八重を見上げ、ニャーと鳴く。その声に気付き、要もタクを見た。

「やっぱりタクは、ここに残したほうがよさそうだな」

要は、タクは自分が連れて帰った猫だし、責任を持って飼うつもりだったのだろう。

それに、タクとその兄弟にまつわるあれこれが、結果として自分と美音を近づけてくれることになった。だからこそ、なんとかして自分たちのそばに置けないかと考えたのだ。

でもそれはあくまでも自分たちの勝手な思いだ。普段から世話をしているのは八重だし、彼女の気持ちや、飲食店である『ぼったくり』の上で暮らす不自由さまでもあわせて考えれば、タクはこのまま八重と暮らしたほうが幸せかもしれない。

美音も要も、長らくタクをどうするかについて悩んでいたが、ようやく結論が出たようだった。

「母さん、タクはここに置いていくよ。タクにとってもそのほうがよさそうだ。タクのこと、頼めるかな？」

「でも要、おまえはそれで本当にいいの？」

「うん。むしろ、面倒をかけてごめん。できるだけちょくちょく会いに行くようにする」

おそらく八重も、要は要なりにタクをかわいがっていることがわかっていたはずだ。

だから、結婚して家を出るにあたって、タクとの別れを覚悟していた。寂しいけれど仕方がないことだとあきらめようとしていたのだろう。それだけに、タクを頼むと言われて戸惑いつつも、喜びが隠せない様子だった。

「わかったわ。タクのことは任せて。おまえと思って大事にするわ」

「やめなよ、母さん。要だと思ったら逆にぞんざいに扱いそうだよ」

「兄貴、なんてひどいことを！　おれってかわいそうすぎる！」

要は散々嘆いているが、美音は、八重という人はどこまでも賢い人だと思う。

婚約者が家族に挨拶に来た。当人から「要さんの一番好きな料理を作って」と乞われたところで、言葉どおりに「これがあの子のお気に入り！」なんていそいそと作ってしまったら、いかにも母子密着の証明みたいに見えるし、うっかり「やっぱり母さんの料理が一番」なんて言い出した日には目も当てられない。

美音はそんなことで機嫌を損ねたりしないつもりだが、いざ目の前でそんな場面が展開されたら、本当に冷静でいられるかはわからない。世間ではおふくろの味にこだわる夫と新妻のバトルなんてよく聞く話だからだ。

その危険性を見事に潰した上に、もう私の興味はお前じゃなくて猫なのよ、なんて匂わせる。まるで、おまえはさっさと美音さんのところにお行き、と追い立てるように……

見事な子離れだ、と感心するばかりだった。

それにしても……と、美音は要をそっと窺う。

一族最年少の宿命として家族みんなに弄られていじけきっている要は、それはそれで珍しいし可愛いとすら思うけれど、やはり自分の恋人にはご機嫌でいてほしい。

　そこで美音はそっと席を立ち、空いた皿を台所に運ぶ。もちろん目的は皿を下げることだけではなかった。

　これでご機嫌が直るといいな……と思いながら、美音は行平鍋に昆布と鰹の出汁を入れて火にかけた。


「はい、要さん」

　客間に戻った美音は、依然としてやさぐれていた要に声をかけた。

　お盆の上にあるのは行平鍋と木の椀、漬け物を入れた小皿である。彼の目の前にお盆を置き、蓋を取る。中を覗き込んだ要が、歓声を上げた。

「茸雑炊だ！」

　沸いた出汁に味をつけ、シメジと椎茸、そしてご飯を入れる。煮上がりを待って卵をとき入れ、青葱を散らせば茸雑炊の出来上がり……。簡単そのものだけれど、ふたりにとっては思い出深い料理である。

初めて要が『ぼったくり』を訪れた日、冷たい雨の中、帰宅しようとした要に出した一椀の茸（きのこ）雑炊。カウンターのあちらとこちらに分かれてすすり込んだあの温かさ、そして沈黙の心地よさ……

彼は覚えていてくれるだろうか、と思いつつ作った茸雑炊だったが、そんな心配は無用だったらしい。

「懐かしいな……あの日も出してくれたよね」

そんな言葉とともに、優しい眼差しを向けたあと、要はそれまでのいじけっぷりはどこへ行ったのか、と思うほど嬉しそうに箸を取った。

――タクがいなくても、誰がいなくても、私がいるじゃないですか……

美音が雑炊に込めたそんな思いは、ちゃんと要に伝わったようだ。その証拠に、かなりの量があったはずの茸雑炊を、要はひとりで平らげ、羨ましそうに見ている家族たちに一口も譲ろうとはしなかった。

美音の思いは全部おれのもの、そう宣言しているような態度に、美音は嬉しい反面ちょっと苦笑してしまったけれど……

いずれにしても、一族の顔合わせは無事終わり、タクの処遇も決まった。

増改築工事や結婚式の目処も立ち、ふたりの新しい暮らしは順調なスタートを切れそうだった。

肉の生食について

表面をさっと湯通しして食べる『ササミのたたき』は、お刺身にも似た食感で日本酒のつまみとしても秀逸です。ですが昨今、この『たたき』という食べ方は警鐘を鳴らされています。というのは、様々な研究が進み、食中毒の原因のひとつである『カンピロバクター菌』は湯通し程度では滅菌できないということがわかってきたからです。今回、作中で扱った『ササミのたたき』は無菌状態で育成、『生食用』として出荷されたものですが、一般的にスーパーで売られているササミをたたきにすることはおすすめできませんので、くれぐれもご注意ください。

久保田　千寿

朝日酒造株式会社

〒949-5494
新潟県長岡市朝日880-1
TEL：0258-92-3181
FAX：0258-92-4875
URL：https://www.asahi-shuzo.co.jp/

アサヒスーパードライ

アサヒビール株式会社

〒130-8602
東京都墨田区吾妻橋1-23-1
TEL：0120-011-121
（月～金 9:00～17:00［祝日・年末年始の休業日を除く］）
URL：http://www.asahibeer.co.jp/

刺身舟盛り

ローストビーフ

がんもどきの炊き合わせ

仏滅結婚式

パンッ、パンッ！

自宅から少し離れたところにある小さな神社の賽銭箱にお賽銭を放り込んで、馨は盛大に柏手を打った。さらに、ここぞとばかりに大声で祈る。

「明日天気になりますように！」

馨が入れたお賽銭は、五十円玉二枚と五円玉五枚のあわせて百二十五円。普段なら五円、気持ちにゆとりがあるときでも二十五円がせいぜいだ。これは『五円』と『ご縁』をかけた金額、二十五円については『二重にご縁がありますように』という意味を持つらしいが、馨は単なる語呂合わせに過ぎない気がしている。もっと言えば、五円玉を入れた場合と入れなかった場合で御利益に差があるとしたら、そんな神様は嫌だ、とすら思う。

困ったときに、つい神様に縋りたくなる人は多いはずだ。柏手を打って頭を下げる人の祈りは、みんな等しく聞き届けてほしい。むしろ、賽銭箱に入れるお金もないほど切羽詰まった人の祈りこそ、最優先で聞いてあげてほしいと思ってしまうのだ。

というわけで、馨にとって、五円玉を含むか否か、金額が多いか少ないかなんて関係ない。それでも、今日という今日は、思いっきり縁起を担いだ。金額だって過去最高、『十二分にご縁がありますように』の願いを込めた百二十五円、しかも、わざわざ五十円玉と五円玉を揃えまくった。これは、穴があいたお金は先を見通せて縁起が良い、と聞いてのことだった。同じ百二十五円でも、全部穴があいたお金なら、さぞや御利益があることだろう。

――ダメ元上等！　とにかくこれがあたしの精一杯、神様よろしく！

そんな気持ちを込めて、思いっきり頭を下げたあと、馨はこれでよしとばかりに踵を返した。

そこにやってきたのは、この神社の神主である。

「おや、馨ちゃんじゃないか」

白い着物に紫の袴姿の神主が、笑顔で話しかけてくる。箒を持っているところを見ると、これから境内の掃除をするのだろう。

彼の苗字は寺田、それを思い出すたびに馨は、神主なのに寺田さんなんだ、と笑いたくなってしまう。それでも、本人を前に笑い出すわけにもいかず、馨は神妙な顔で応える。

「こんにちは」

「はい、こんにちは。今日は、明日の晴天祈願かい？」

「そうなの。だって明日はお姉ちゃんの結婚式なんだもん。一年中でいっちばんいい天気にしてもらわなきゃ！」

「そりゃそうだ。それにしても、美音ちゃんがとうとうお嫁に行くんだねえ……」

「ごめんね、寺田さん」

「ごめんね？　どうして謝るんだい？」

「だってお姉ちゃん、ずーっと、結婚するときはこの神社でお式を挙げてもらうんだって言ってたのに……」

美音と馨が子どもだったころ、ふたりはときどきこの神社にやってきた。遊ぶ場所ではないとわかってはいたが、静かな上に、鳩がたくさんいたり、秋はドングリがたくさん落ちていたりで、子どもにとっては興味深い場所だったからだ。

馨などは眺めるだけでは飽き足らず、鳩を追いかけ回して美音によく窘められた。それでも、しんと静まった境内は、なんだかとても気持ちが落ち着き、ふたりは片隅のベンチに腰掛けて時を過ごしたものだ。

そんなある日、境内にやってきたふたりは、いつもと全然違う様子に目を見張った。なぜならその日、神社で結婚式がおこなわれていたからだ。

この神社は小さいながら由緒正しく、かつては結婚式も一日に数組ほど挙げていたという。だが、馨たちがこの町に引っ越してきたころには、結婚式は結婚式場かホテルで挙げるのが普通で、神社を選ぶカップルは珍しかった。

結婚式に出席したことがなかった姉妹は、間近で見られるお嫁さんが珍しくて、新郎新婦が祝詞を上げてもらっている間も、外に出てきて挨拶する間も、ずっとそこで見ていた。

披露宴会場などあるわけもない小さな神社で、参列客は家族とほんの数人の友人だけ。こぢんまりと挙げられた式は、どこか温かくて皆が心から祝っている気持ちがすごくよく伝わってきた。

それは、テレビのワイドショーで見る芸能人の大がかりな結婚式とは、まったく違うものだった。

花嫁さんはちょっと涙ぐみ、そのお父さんらしき男の人は号泣。

それなのにお母さんのほうは、花婿さんをつかまえていかにもお仕着せみたいな紋付き袴をからかっては大笑いしていた。

うーん、お母さんってたくましい……と馨は感心するばかりだったが、美音は自分もこんな温かい感じの結婚式がいい、絶対この神社で挙げたい、と力説した。

そのとき馨は確か、それって超ジミ婚ってこと？　あたしはもっと派手にやりたいなあ……と言った覚えがある。だが、蓋を開けてみれば、美音は想像もしなかった、『超ハデ婚』としか言いようのない結婚式を挙げる羽目に陥っている。

本来姉は、この小さな神社でひっそりと式を挙げ、静かに新生活を始めたかったに違いない。それでも、要の立場を考え、泣く泣く大結婚式の高砂に座る決心をした。

結婚というのは、つくづく思ったとおりにはならないものだ、とため息が出そうになる。

いずれにしても、美音は長年にわたって寺田さんに、私の結婚式のときはどうぞよろしく、と言い続けてきた。

二十歳になり、学業を終え、時はどんどん過ぎていった。思い出したように、いつになったらうちで結婚式を挙げてくれるんだい？　なんてからかわれながら三十路を超えて、いざとなったらやっぱりホテルでの結婚式となってしまった。

おかげで美音は先日も、寺田さんにご挨拶はおろか、神社の前を通るのも恥ずかしい、なんて嘆いていたのだ。

ところが、馨から美音の様子を聞いた寺田さんは、からからと笑った。

「いかにも美音ちゃんらしいなあ……。だけど、そんなことまったく気にする必要ないよ。町内きっての人気者の美音ちゃんが、うちみたいな小さな神社で結婚式を挙げるとなったら、町の人たちが一目見ようと押しかけてきて、境内はてんやわんやや。鳩もびっくりしちゃって大変だよ。それならホテルの大広間でばーんとやって、みんなに祝ってもらったほうがいい」

なにより相手が相手だし、と寺田さんは言う。商店街から離れたところにある神社の神主なのに、要の素性まで知っているところを見ると、要自身も相当取り沙汰されているようだ。

そして寺田さんは空を見渡し、馨を安心させるように言った。

「ずーっと向こうまで雲ひとつない。心配しなくても、明日はきっと良い天気だよ。なんといっても美音ちゃんの嫁入りだからね」

「そうだといいけど……あ、でもしっかりお願いしたから大丈夫だよね！」

雨だって嵐だって、ホテルで挙げる結婚式には関係ない。けれど美音ならきっと、参列者を気にする。濡れて風邪を引いたりしないか、きれいな服や靴が台無しになりはしないか、と気を揉むに決まっているのだ。

だからこそ馨がお参りに来た。結婚式前日でばたばたしまくっている美音の代わりに……

そんな馨の気持ちを察したように、寺田さんは言う。

「大丈夫。美音ちゃんも馨ちゃんも、これまでずっと頑張ってきた。神様はそんな人の味方だよ」

「うん！」

――神頼みだから、どうなるかはわからない。でも、寺田さんが大丈夫って言うならきっと大丈夫なのだ。

馨はそう信じて、小さな神社をあとにした。

†

「お、美音坊！　明日は結婚式だね！」

商店街を歩く美音に、人々がこぞって声をかける。

挨拶だけで通り過ぎる人もいるが、中には正面切って訊ねる人もいる。質問の中身はだいたい同じ、これからどこに住むのか、というものだった。

もちろん、町の人たちは美音と要が『ぼったくり』を増築して、店の上に住まいを構えることを知っている。目の前で工事をやっているのだから、気付かないほうがおかしい。ただ、工事は今も進行中、完工まではもうしばらくかかる。結婚式のあと、工事が終わるまでの間をどうするのか、というのが皆の疑問だった。

結婚式を挙げたはいいが、住むところがないんじゃ困るだろう、と誰もが心配してくれているのだ。

皆の疑問は当然である。美音にしても、結婚式は工事が終わってからのほうがいいと思っていたし、要にそう提案もした。工事が終わって夫婦の荷物を入れ、『ぼったくり』も営業できるように準備万端整えてから結婚式を挙げれば、住む場所の心配もしなくて済むのではないか……と。

ところが要は、結婚式の規模同様、断固として拒否の構えだった。

「改築工事が終わるのって、二月末だろう？　そんなに待てない。第一、どうせ改築が終わったらすぐにでも営業再開したいとか言い出すに決まってる。新婚旅行だって『のんびり』とはほど遠い感じになりかねないよ。改装工事が終わるまでは、おれのマンションに住めばいい」

そんな要の台詞にぐうの音も出ず、美音は結婚式の時期についても譲らざるを得なくなった。

結婚式に関するあれこれ一切合切押し負けて、要というのは本来、かなり『利かない男』なのだと思い知らされた。その『利かない男』が、美音が問題に遭遇するたびに一生懸命考えて、解決に導いてくれた。その最たるものは『ぼったくり』の増築だ。

彼は美音が無理なく『ぼったくり』を続けられ、しかもこの町を離れずにすむように知恵を絞ってくれた。学生時代に住んでいたマンションと今の住まい、新居の候補地がふたつもありながら、少なくない費用を投じてまで……。その上、工事の手配も打ち合わせも、すべて彼がやってくれたのだ。それに比べれば、結婚式の規模や時期なんて大した問題じゃなかった。

馨は、結婚式って普通は花嫁の意向優先のはずなのに……と呆れているけれど、これはこれで自分らしいと美音は思っている。

とはいえ、要が考えるような大きな結婚式を挙げるための会場は、そう簡単に押さえられない。

結局、工事のほうが先に終わるだろうと高をくくっていたのは確かだ。なにせ、結婚した友人たちはみな、半年前、一年前から式場の予約をしていた。一ヶ月そこそこの短い期間で、そんなに大きな式場が探せるとは思えなかった。

ところが、天は要の味方だったらしい。年の瀬も迫ったある日、要が喜び勇んで電話をしてきたと思ったら、式場が見つかったと言う。二月最初の日曜日、ホテル併設の結婚式場、立地的にも駅から近く便利な場所だそうだ。

あまりの好条件に、なぜそんなところが空いているの？　と訊ねたところ、実は仏滅だという返事……美音は開いた口がふさがらなくなってしまった。

「二月最初の日曜日って、節分ですよね？　結婚式が仏滅で節分……」

思わずそう呟いてしまった美音に、要は少々心配そうに訊ねた。

「結婚式が仏滅って、気になる？」

「気になる、って私が言えば、他の日にするんですか？」

「たぶんしない」

「じゃあ訊くだけ無駄じゃないですか」

条件に合う式場の予約は、一年以上先まで埋まっていたという。仏滅が故にぽっかり空いていた式場、要は是が非でも『ぼったくり』の休業中に結婚するつもりでいるのだから、文句を言うだけ無駄だろう、と返す美音に、要は慌てたように言った。

「いや、やるかやらないかの話じゃなくて、気になるならそれ相応の対策をしようと思って」

「対策……ですか？」

六曜なんてそもそも根拠がない迷信だ、と切り捨てる。もしくは禍を転じて福となす、仏滅に結婚すれば今後は良いことばっかり、と言い聞かせる。午後からの結婚式だから運気は仏滅から徐々に大安に移行中だと言い張る――

要の口から次々出てくる言葉に、美音は唖然としてしまった。

「対策って、私への説得工作だったんですか？」

「まあ、そうなるかな。君さえ納得してくれれば……」

「呆れた……。でも大丈夫です。私は気にしません。問題はむしろ来てくださる方々じゃないですか？　お年寄りも多いですし……」

答えながら美音は、町内の年寄りたちの顔を思い浮かべた。

ウメやマサ、シンゾウやトク……彼らは、美音の幸せを心から祈ってくれるに違いない。それだけに、結婚式が仏滅となったら思うところがあるかもしれない。

「確かにね……。うちのクソ爺あたりも……」

ひとくさり文句を垂れそうだ、と要はいかにも嫌そうな声を出した。

「お祖父様が反対されるなら、やっぱり日を変えたほうがいいんじゃないですか？」

「嫌だ。それじゃあ、クソ爺に負けるようなものだ」

「大人げない……」

「何か言った?」

聞こえなかったふりをする要に苦笑しながらも、美音は仏滅の結婚式は案外お得じゃないかと思う。

仏滅の結婚式は式場ががらがらで、スタッフもベテランがつきやすいらしい。廊下のあっちにもこっちにも花嫁さんということもないし、披露宴であとの予定が詰まっているから、と料理を一気に運ばれてしまうこともない。断然おすすめ、というのが、実際に仏滅に式を挙げた友人の弁だった。

『縁起がどうのこうのって言うけど、大安に結婚したってだめなものはだめ。夫婦の仲なんて本人たち次第よ』

そう言って、友人はからからと笑った。彼女が結婚してから既に九年が過ぎている。年子、しかも男の子をふたり授かり、やんちゃ坊主に手を焼く日々だという。それでも彼女はいつどこで会っても元気そのもの、まばゆい笑みを浮かべている。おそらく夫婦円満、幸せな家庭を築いているのだろう。

その友人を見ていると『夫婦の仲なんて本人次第』というのは、間違っていないと思う。

「いいですよ、結婚式が仏滅でも。うまくいかなかったときに、仏滅のせいにできますし」

最後は、電話の向こうで言葉に詰まった要を小さく笑い、美音は仏滅に結婚式を挙げるという提案に同意した。


「仏滅……？　そいつはまた……」

美音から、結婚式を仏滅に挙げると聞かされたシンゾウは、眉間に小さな皺を寄せた。

親族を含め、年寄りの出席者は多いだろうし、気にする人も少なからずいるだろう。

『ぼったくり』が休業に入ってから、美音はこの町と要のマンションを行ったり来たりしている。

とはいえ、それはあくまでも学生時代に使っていて、そのまま放りっぱなしにしてあったマンションを、結婚を機に片付けておこうという要を手伝うためである。

なにせ要は仕事で忙しい。美音はおそらく、自分が行かなければ要が無理を重ねて体調を崩しかねないと心配したのだろう。だがそれさえ終わってしまえば、こんな通い妻状態は解消されるに決まっている。

——そうなったら辛抱し切れんよなあ……あの御仁は。

要としては、一日も早く一緒に暮らしたい。でもあの美音が、結婚式も挙げないままに通い婚、あるいは同棲を始めるわけがない。とにかく結婚式を挙げなければ、と躍起になった結果が『仏滅結婚式』ということなのだろう。

参列者が百人、いや二百人近くなるような大きな結婚式を挙げられる会場は限られる。一年、二年先でもない限り、空いている日は仏滅ぐらいの気がする。美音から聞いた会場は、仏滅にしても、よく空いていたものだ……と思うほど人気が高い。シンゾウは内心、あの男、誰かの結婚式をひとつふたつ追い出したのでは？　と疑ったぐらいだし、それはもしかしたら事実なのかもしれない。それぐらい、要は結婚式を急いでいた。

けれど、その陰には、早く一緒に暮らしたいという以上に『ぼったくり』の営業を再開してからでは美音が大変すぎる、という気持ちがあるのだろう。

一般的に言っても結婚式というのは、かなりの重労働だ。

衣装選びから招待客リストの作成、招待状の発送やら席順、披露宴のメニューに引き出物、果ては使う花やＢＧＭ、遠方から来る参列客の宿泊先まで、決めねばならないことは山のようにある。

それらの作業はふたりでこなすのが原則とはいえ、様々なことに注意を払うのはもっぱら女性、のほほんとしている男に怒り心頭、大喧嘩の挙げ句結婚式は中止、なんて憂き目を見るカップルもいるとかいないとか……

美音と要がそんなことになるとは思えないが、とにかく結婚式の準備は大変で、式を終えたあとの新婦は疲労困憊らしい。それらを『ぼったくり』の営業と同時進行なんて無理に決まっている。

少しでも早く結婚式を終え、『ぼったくり』の営業再開までに美音が休める時間を取りたい、ということで、要は苦心惨憺（くしんさんたん）しているのだろう。

――あの男の考えそうなことだ。だが、あいつはきっと、そんなことはこれっぽっちも美音坊に言わないんだろうけどな……

眉間に皺を寄せたままそんなことを考えていると、美音が困ったように言う。

「やっぱり、仏滅を気にする人は多いと思います？」

自分は式場にこだわりはないし、『ぼったくり』は休業中。要の都合で決めてくれればいい、ということで、美音は式場や日取りを要に一任したと言っていた。その結果、出てきたのが『仏滅結婚式』、面食らいはしたものの、異議は唱えなかったのだろう。

半ば要に押し切られるような形で決めてしまったが、今になって後悔している可能性もある。年寄り連中は仏滅に結婚式をすると聞いた瞬間、みんなして今の自分みたいに眉間に皺を寄せたに違いない。

――いけねえ！　俺としたことが、せっかく日取りが決まって知らせに来てくれたのに、美音坊にこんな顔をさせちまうなんて……。あんなにいい式場が空いてたのに、あの男がこれ以上日延べするわけがねえ。ここはひとつ、背中を押してやらないと……

そこでシンゾウは、美音の肩を勢いよく叩いた。

「大丈夫だ、美音坊。ここらの年寄りは、とにかく美音坊に幸せになってほしいと思ってる。だからこそ、ちょっとでも気がかりをなくしたくてなんやかんや言う。ただそれだけのことだ。葬式を友引にやるって言うなら、ちょっと待て、俺たちまで連れてく気か！　って騒ぐとこだが、結婚式が仏滅なぐらいなんてことはない。そこしか空いてなかった、おまけに格安だったとでも言っとけ」

このあたりは商売人が多いし、損得勘定にはシビアだからな、とシンゾウは美音を力づけるように言う。

「たぶんみんな、仏滅に結婚式を挙げちまったら、夫婦仲がこじれやしないかって心配してるんだろうが、美音坊たちなら大丈夫。むしろ、ちょっとぐらいこじれてくれたほうが、目のやりどころに困らねえ。なんせここんところの甘ったるい空気ときたら……」

「シンゾウさん、ひどい……。私たちは別に……」

特に人前では……ともごもご呟く美音に、シンゾウは噴き出した。

「あーそうだろう、そうだろう。かなり頑張って我慢してるよな、あの男」

にもかかわらず、この有様。人前じゃなかったらどうなってんだ……とは言わなかった。

そんなことを言った日には、美音は一瞬にして赤面し、あとであの男を責めまくるだろう。

要は、四苦八苦して結婚に漕ぎ着け、喜びのあまり感情をダダ漏れにさせているのだ。いかにも人間らしいではないか。そこに水を差すのは、あまりにも酷な仕打ちだった。

「ま、縁起担ぎは全面的に商売関係で、ってことにして、新装開店は大安吉日。それで帳尻が合うだろう。それに結婚式の翌日は立春大安。なんなら、二次会、三次会で日付が変わるまで騒ぎまくって、夫婦としての生活は大安吉日スタートってことにしておけばいい。それなら文句のつけようがねえだろう」

「シンゾウさん……」

「心配ない、任せとけ。こう見えても俺は、町のご意見番って言われるぐらいの男だ。その俺が『仏滅結婚式』上等！　って言いまくれば、町の連中も文句は唱えねえさ」

美音を思えばこそ、縁起を担ぎたくなる。ただそれだけのことなのだ。声を大にして『大丈夫！』と言う人間さえいれば、みんなだって安心する。そして、その役割を引き受けられるのは自分以外にはいない。それは、シンゾウにとって、もっとも自分らしい応援であり、祝い方であるような気がした。

ふと見ると、美音の目が真っ赤になっている。慌ててシンゾウは茶化した。

「おいおい、どうせ結婚式でたっぷり流すんだから、涙はそれまで取っとけよ。さもないと在庫切れで困っちまうぞ」

そして、慌てて目をごしごし擦る美音を正面から見つめ、シンゾウは言った。

「美音坊、うんと幸せになるんだぞ。仏滅だのなんだのぶっ飛ばすぐらい、あんたたちを見た奴らが、こんなに良い夫婦になれるなら自分たちも仏滅に結婚式を挙げよう、って思うぐらい、幸せで、とびっきりの夫婦にな」

「そんなことを言われたら、涙なんて取っておけない……」

そう言うと、美音はとうとう両手で顔を覆って泣き始めてしまった。

やぶ蛇だった……と軽く後悔しながら、シンゾウは思う。

——案外泣き虫なんだよな、この子は……。普段から気を張って居酒屋の女将(おかみ)をやってるし、妹の前ではしっかり者のお姉ちゃんなんだけど、一皮剥(む)いたらこの有様。きっとあの男は、この子のこういうところに、ころっとやられちまったんだろうけどよ……

こういうところ、じゃなくて、こういうところにも、だな、なんて苦笑しながら、シンゾウは鼻をぐすぐすやっている美音に、サービス品のポケットティッシュを手渡した。

†

「えー、二月三日!?」

仏滅云々よりも日付そのものが問題、と言わんばかりに馨が声を上げた。

「せっかくスペシャルディナーに行こうと思ってたのに！」

「スペシャルディナー？」

クリスマスでもバレンタインでもないのに？　と怪訝な顔をする美音に、馨は理由を説明してくれた。

「その日って、あたしたちが付き合い始めた記念日なんだよ。今年でちょうど三年目。だから……」

ここはひとつ張り込もう、ということで哲がレストランを予約してくれた。その開始時刻が午後六時、その結婚式場からだと移動に四十分近くかかるし、ちょっとでも披露宴が延びたら間に合わなくなる、と馨は泣きそうな顔で言った。

「あー……そういうことか……。ごめん、馨！」

美音は平身低頭だった。

生まれてからこの方、彼氏がいない期間のほうがずっと長かった美音にはよくわからない。だが、少なくとも馨にとっては、付き合い始めた日というのは大事な記念日らしい。いつもは『ぼったくり』の仕事があるからデートすらできないが、今年は休業中、しかも日曜日だから恋人の哲も休みになる。千載一遇のチャンスとばかりに、盛大にお祝いすることにしたそうだ。

「哲君、すごく頑張って予約してくれたんだよ。人気があって、なかなか予約できないホテルのフルコース……」

「本当にごめん！　でも『ぼったくり』の休業中に済ませようと思ったら、その日しか空いてなかったの」

「結局姉妹して同じ理由だよね。お店が休みの間に羽を伸ばしまくりたい、ってこと」

「羽を伸ばす、は違うでしょ」

「まあね……。それにしても、よりにもよって二月三日、しかも仏滅！　まったく、要さんもこらえ性がないよね、というよりもお姉ちゃんが悪い！」

「なんで私!?」

「もっとしょっちゅう要さんのところに泊まってあげれば、要さんだってあんなにがっつかないで済むでしょ」

「がっつくって何をよ!!」

「お姉ちゃんのかまととー!」

思いっきりあかんべーをしたあと、馨はまたもぶつぶつ言い始める。

予約開始の日、わざわざ半日休暇まで取って押さえてくれたのに。有名シェフのフルコースなんて、滅多に食べられないのに、と繰り返す馨に、美音は申し訳なさで一杯になる。

馨の不平は当然だ。この先だって、記念日が日曜日に重なることはあるかもしれない。けれど、その日が休みでも、翌日は月曜日、店を開けなければいけないと考えたら、羽目を外しきれるわけもない。何の憂（うれ）いもなく過ごせる希少な機会を、姉の結婚式に潰されるなんて、泣いても泣ききれないだろう。

「ほんとに、ほんとにごめん！　でも、やっぱり馨には出席してもらいたいし……」

「なにを言ってんのよ！　お姉ちゃんの結婚式に出ないわけないじゃん！　だからこそ文句のひとつも言いたくなるの！　でも……」

「でも？」

「要さんのことだから、きっと埋め合わせを考えてくれるよね！　日程が合わないからフルコースディナーは無理にしても、かわりにすっごく豪華なプレゼントをくれたりしないかな？」

そして馨は、プチダイヤのネックレスとかだったらいいなあ、なんて言いながらパソコンを立ち上げる。

「お姉ちゃんの婚約指輪、すごく素敵だったよね。あれって要さんのチョイスでしょ？　ってことは、センスは間違いない。待てよ、いっそストレートにおねだり……はまずいか」

散々勝手なことを言いながら、馨はアクセサリーのサイトを巡る。時折、これ素敵じゃない？　と呼ばれて、美音も見に行き、その後しばらく、ふたりはネットサーフィンに時間を費やした。

†

「馨さんらしいなあ」

話を聞いた要は、大笑いだった。

美音としては、要にこんな話を聞かせるわけにはいかない、と思っていた。だが、『仏滅結婚式』についての馨の反応を訊かれ、ついうっかり、不平たらたらでしたと答えてしまった。詳しい説明を求められ、馨と哲の記念日に重なってしまったことまで伝えざるを得なくなったのだ。

「あ、でもこれ冗談ですから。埋め合わせなんていりませんし、必要なら私が……」

「いやいや、その日に決めたのはおれなんだから、埋め合わせはおれがするべきだよ。どうせ新しい妹へのプレゼントを何か考えなきゃ、と思ってたし、ここはひとつ張り込むことにする」

そして要は、謎めいた笑みを浮かべながら、スマホを取り出した。

「ああ、おれ。悪いけどさ……」

耳をそばだてて電話の内容を聞くのは憚られる。とは、思ったけれど、目の前でしゃべっているからどうしても聞こえてしまう。その上、耳に入ってくる単語があまりにも大がかりで、美音は次第に顔が引きつり始めた。

「か、要さん！」

ようやく電話を終えた要に、美音は焦りまくった声をかける。

「なに？」

「もしかして今の、馨への埋め合わせの話なんですか？」

「そうだけど、それがなにか？」

「やりすぎです！」

要によると、電話の相手は高校時代から付き合いのある友人のひとりで、現在ヘリコプタークルージング会社を経営している人だそうだ。要曰く悪友、学生時代に一緒にやんちゃをしまくった仲間らしい。

要はその悪友に無理を言って、ナイトクルージングの予約を突っ込んだ。しかも結婚式当日、宿泊付きのパッケージツアーである。

美音たちの結婚式は、午後二時に始まり、披露宴を含めておおよそ三時間、午後五時には終了する予定になっている。馨たちは披露宴が終わったあと結婚式場併設のホテルにチェックイン、ウエルカムドリンクを飲んだあと、タクシーでヘリポートに移動してナイトクルージングに出かける。二十分の大空散歩が終わったら、ホテルに戻ってディナー、というとんでもなく豪華なツアーだった。

「日曜日って、そういうの混み合うんじゃないですか？　よく空いてましたね……」

呆れともあきらめともつかぬため息を漏らす美音に、要は何食わぬ顔で答える。

「ダメ元で訊いてみたんだけど、運良く空いてた。キャンセルが出たんだってさ。よくあることだよ。勢い込んですごいツアーを申し込んだけど、出かける前に別れちゃった、あるいは気持ちがどんどん冷めて、こんな相手に大金を使うのはもったいない、とかさ」

妙に具体的な例に、美音は思わず要を窺ってしまった。もしかしたら、彼自身の経験なのかもしれない、と思ったからだ。

美音の視線に気付いたのか、要が苦笑いで言う。

「念のために言っておくけど、おれの経験じゃないからね。おれはいわゆる恋人イベントってやつとは無縁なんだ。やろうと思ったことすらない。ああいうのって、段取りがけっこう面倒だろ？」

「そうですよね……」

おそらく、そこまで入れ込む相手はいなかったのだろう。いや、もしかしたら彼自身の性格なのかもしれない。

美音との場合にしても、初めてふたりで出かけたのが電器屋、その後一度だけバーに行ったが、それは美音が『甘い酒をご馳走する』というノルマを果たすためだった。それ以外はもっぱら『ぼったくり』あるいは要のマンションで、イベントらしきものはあの秋の花火大会ぐらいのものである。

打ち上げ場所の真下に近い桟敷席を押さえるのは、さぞや大変だっただろうと思う。けれど、あれは急遽思い付いてのこと、周到に用意されたイベントというわけではない。

なるほど、要さんというのはそういう人なのだな、もちろん私もそこまで入れ込む相手じゃないだろうし……と、美音は悲しい悟りを開きそうになった。

そんな美音に、要は大きなため息をついた。

「どうせまた、勝手な想像してるんだろ？」

「勝手って……」

「私はそれだけ手をかけて準備したくなるような相手じゃないのね、とかさ。はっきり言っておくけど、さっきのはあくまでも過去、『今までは』の話だよ」

「過去でも、今でも、面倒くさいことに変わりはないじゃないですか」

ホテルや食事の予約の段取りが、相手によって簡単になるわけじゃない。結局、手順だけ考えれば同じぐらい面倒なのだ、と美音はいじけたことを考える。要は、さらにやれやれといった顔になった。

「おれは、それで君が喜ぶと思ったら何でもやるよ。豪華ディナーとヘリクルーズ付きの五つ星ホテルだろうが、プライベートジェットで行く世界一周だろうが、本当に君が望むなら何でも」

「世界一周⁉　いりません！　だって私、飛行機苦手だし！」

「え、苦手なの？」

「苦手なんです！」

美音は、海外旅行をしたことがない。それは、『ぼったくり』に海外旅行ができるほど長い休みがないこと以上に、あの鉄のかたまりが空を飛ぶというのが信じられないからだ。空気の中に鉄のかたまりが浮かぶわけがない。物理も化学もさっぱりだった美音には、推進力とか揚力とか言われてもまったく理解できなかった。同様の理由で船だってあまり信用していないが、いざとなったら泳いで逃げられるだけましだ。それでも、できれば陸から離れたくないと思っていた。

だからこそ、旅行はすべて電車かバス、あるいは車に頼ってきたのである。

大人になってから、酒の仕入れでどうしても遠方に行く必要が生じた。当然、のんびり陸路に頼る時間もない。やむなく目を瞑って機上の人となったけれど、それも一時間半が限界、数時間、十数時間かかるような海外旅行は無理としか言いようがなかった。

　一連の話を聞いた要は、盛大に笑い転げたあと真顔になって言った。

「笑ってごめん。いかにも君らしい話だけど、安心して。おれは君を、乗りたくもない飛行機に乗せたりしない。でも、君が喜びそうなことを見つけたら、ここぞとばかりサプライズをしかけるかも」

「お、お手柔らかに……」

「クリスマスとかバレンタインとか、恋人が盛り上がるイベントは多いけど、おれたちはそういうのをすっ飛ばして結婚しちゃう。それはおれが結婚を急かしたせいだから、埋め合わせはちゃんとするつもりだよ」

　夫婦になったらそういうイベントや記念日は疎かにされがち、なおかつ自分は仕事に忙しい。けれど、なんとかふたりの時間を大事にして、記念日もちゃんと祝いたい。要はそんな、約束とも宣言ともつかないことを言った。

「記念日ですか……。そういえば、これだと結婚記念日は節分、毎年ディナーは恵方巻き、スペシャルイベントは豆まきになっちゃいますね」

どれだけゴージャスにしようとしても、恵方巻きと豆まきではたかがしれている。最高級の海苔(のり)や干瓢(かんぴょう)を使った恵方巻きを頬張りつつも納得がいかない顔をする要を想像し、美音は笑いが止まらなくなってしまった。

夜になって、美音から要が用意した『埋め合わせ』の内容を聞かされた馨は、その場で絶叫した。

「きゃー！　要さん最高！　お姉ちゃんと要さんが喧嘩したとしても、あたしは絶対に要さんに味方するからね！」

実の妹なのに、なんて薄情なの……と呟いた美音の言葉などまったく耳に入らない

様子で、馨はしばらくそこら中を『仏滅結婚式ばんざーい』と踊り回っていた。

†

結婚式当日、式場に向かう準備を整えた美音は、馨とともに自宅でタクシーを待っていた。

要は自分が迎えに行くと言ってくれたが、新郎と新婦では支度にかかる時間が違うし、彼は遠方から来る参列者に対応しなければならない。幸い式場は美音たちの家からそう遠くないし、タクシーで大丈夫、と断ったのだ。

窓から空を見上げ、美音は馨ににっこり笑いかけた。

「いいお天気……ありがとうね、馨」

昨日馨は、わざわざ神社に足を運び、晴天祈願をしてくれたそうだ。おかげで空は晴れ渡っている。どうやら健気な妹の祈りを聞き入れ、八百万（やおよろず）の神様がこぞって雲を蹴散らしてくれたようだ。

それなのに、いつになくお賽銭を奮発したという馨は、しきりに後悔している。

「失敗した……。こんなに効果覿面なら、お天気のことなんて頼まずにもっとすごいお願いしておくんだった。放射冷却だかなんだか知らないけど、すごく冷えてるよね？　ヘリクルーズで空の上に行ったら、震え上がるかも」

姉の結婚式のことなどどこへやら、馨の心はすっかりあとのことでいっぱいらしい。さすがの美音も、つい言わずにいられなくなってしまった。

「馨、とりあえずその前に、要さんをあんたの新しいお兄さんにするイベントがあるんだけど、ちゃんと覚えてる？」

「わかってるって。ちゃーんと、お姉ちゃんから一番よく見える席で、旗でも振って応援するよ」

「旗はいりません」

「あーら残念」

たわいもない会話を続けていると、表からタクシーのクラクションが聞こえた。

ふたりは慌てて戸締まりし、『いざ出陣！』とばかりに結婚式場に向かった。

「本日はご多用のところ、ふたりの門出を祝うためにお集まりいただき、誠にありがとうございました」

結婚式は滞りなく終了、披露宴も終盤に差しかかっている。そこでマイクを握ったのは、親族代表の松雄である。

父親が早逝した要は当初、祖父ではなく兄の怜に挨拶を任せようと考えたらしい。けれど、「挨拶なんだけど、実は兄貴に……」と言い出した瞬間、松雄がじろりと怜を睨んだ。その結果、怜はさっさと逃げ出してしまったそうだ。

「ひどいよなー。会社ならクソ爺は引退したあとだから、挨拶は社長の自分がすべきかもしれないけど、家族の場合は話が違う。佐島家の代表なんてまだまだ自分には無理、ここはもう会長にお願いするしか……とか言うんだぜ。家族の代表なのに『会長』とか言うなってんだ」

公私がごちゃ混ぜ、しかも自分に都合がいいように使い分けてるだけじゃないか、と要は立腹していたが、美音自身、親族代表の挨拶には怜よりも松雄のほうが相応しいと思った。誠に失礼ではあるが、貫禄が違うのだ。

宴もたけなわとなれば、進行などそっちのけで談笑する参列者も多い。せっかく挨拶をしてくれているのだから、みんなにしっかり聞いてもらいたい。その点、松雄なら安心だ。彼がマイクを握れば、その場にいる者みんなが注目するし、挨拶に聞き入るはずだ。

そんなこんなで親族代表の挨拶は松雄に任せることに決まった。ひとくさり文句を言われるのではないか、と思っていた『仏滅結婚式』の件も、松雄の反応は意外にあっさりしたものだった。

「『あの強運の花嫁なら、仏滅ぐらいのハンデがあってちょうどいい』だってさ。なんだよ、ハンデって。巨大なお世話だよ。しかもあのクソ爺……」

「まだあるんですか？」

要の文句は、ちっとも止まらなかった。それどころか、呆れたように美音が訊ねるとさらに勢い込んで言う。

「『挨拶を考えなきゃな。かわいい孫の結婚式だし、ここ一番気合いを入れないと』

とか言いながら、にやにや笑いやがった。おまけに『さて、どの悪行を披露してやろうか……』なんて、わざわざ口に出して言うか？」

悪行なんて数え切れない。しかも、洒落にならない規模でやらかしてしまっている。その自覚がある要は、背中に冷たい汗が流れたそうだ。自分の結婚式で、そんなものを披露されたい花婿がいるわけがない。要が焦ったのも当然だ。

「その上、青ざめたおれの顔を見て呵々大笑。『冗談だ。お前の悪行なんて覚えてない。全部お前が自分でがんばって過去に塗り込めてしまったからな。まあ、よくやってるよ、今のお前は』ときたもんだ！　褒めるなら素直に褒めてくれ、って叫びたくなったよ」

そもそも、松雄に褒められたことなんてほとんどない。いきなり褒められたら戸惑うのを通り越して固まってしまう。気分は『この爺、新手の作戦を思い付きやがって』だったそうだ。

そんな話を聞いたあとも、結婚式準備に関して日々発生する松雄とのバトルに、美音は笑いっぱなしだった。

準備にあたってストレスが高じて喧嘩をする新郎新婦は多い。だが要の場合、文句の相手はもっぱら松雄、美音とは一度も揉めることはなかった。しかも美音は、要から松雄の話を聞くたびに笑いこけ、ストレスがどこかに行ってしまう。もしも松雄が、そうやってふたりのストレスを発散させてくれたのだとしたら、彼の思慮深さは賞賛に値する。改めて、さすがだな……と思うばかりだった。

松雄の挨拶は続いている。

新郎新婦を中心に、美音側にシンゾウとウメ、要の向こうに松雄と紀子が並んでいた。紀子の横には八重もいる。

挨拶を聞きながら美音は、列席者側から見たら壮観だろうな、と思った。

松雄とシンゾウはモーニング姿だ。あの年代にしては背も高いし、背筋をピンと伸ばして立っているからとても見栄えがする。紀子、八重、ウメは留め袖がとてもよく似合っていて、綺麗に年を取った女性の見本みたいだ。

――あーあ……私もあっち側から眺めていたかった。どう考えても、この並びで一番冴えないのは私だし、ちっとも要さんを見られないし……

新婦には、じっくり新郎を見ている時間なんてない。正直、それは美音もなんとなくわかってはいたが、ここまでとは思わなかったのだ。

ホテル内に設けられた式場で結婚式を挙げたあと、披露宴会場に移った。

途中で緋色の打ち掛けにお色直し、さらに白いウエディングドレス、最後はターコイズブルーのドレスに着替えた。要のほうも、美音に合わせて紋付き、モーニング、タキシードと衣装を替えた。

立ったり座ったり、出たり入ったり、お互いの姿は披露宴会場に戻ってドアが開けられるまでのほんの数分、いや数十秒ぐらいしか見られなかった。

おそらく盛装した要は、花嫁をかすませるほどあでやかだったと思う。その証拠に美音の友人たちも、商店街の奥さん方も、挙げ句は『ぼったくり』の裏のアパートに住む中学生の早紀までも、うっとり要に見入っていた。七十代から中学生までオールラウンドに惹きつけるなんて、さすがとしか言いようがない。それなのに、自分はじっくり見ることすら許されないのだ。美音が嘆きたくなるのは当然だろう。

「結婚式は、人のに限るわ……」

何度目かのお色直しのとき、美音はついついそんな呟きをもらしてしまった。聞いたとたん、メイクを直してくれていた美容師が噴き出す。

「そんなことおっしゃった新婦様は初めてですよ」

「だって立ったり座ったり忙しいし、ご飯も食べられないし、お酒だって……」

「でも、人生で一番の晴れ舞台でしょ？　しかも新郎様すごく素敵じゃないですか！」

「ちゃんと見られなきゃ、意味ないじゃないですか」

「まあまあ、それはあとでゆっくり。動画も写真もいっぱい撮ってますし」

「でも、お料理はあとでってわけにはいかないでしょう？　せっかく美味しそうなのに見てるだけなんて……」

ぼやく美音を宥めつつ、美容師はファンデーションや口紅を塗り直す。

「花嫁さんなんですから、もうちょっとだけ口紅を気にしていただけると……」

「すみません……」

あんまり食べられない、と言うわりにはしっかり落ちてしまっている口紅が、美音の行動を証明している。接客業の手前お化粧はするけれど、仕事中はやっぱり味見も欠かせない。いちいち口紅を気にしていたら、ろくに味がわからなくなるんです、なんて言い訳は、今日に限っては通用しなかった。

しゅんとしてしまった美音に、美容師は慌てて取りなす。

「あ、あ、でもお気持ちはわかります！　さっき会場スタッフが噂してました。お料理が目茶苦茶美味しそう、お酒もすごい品揃えだって……」

「そうなんです！　すごく頑張って考えて、あっちこっちから取り寄せて……」

だからこそ食べたいし、呑みたいんです！　と言い張る美音に、美容師は同情の眼差しを向けたのだった。

「壮観だな……」

シンゾウは会場を見回して、感嘆の息を漏らした。

広い会場にいくつもの円卓が置かれている。そのひとつひとつに一升瓶が置かれていた。言うまでもなく、美音が厳選したものである。

当初はもちろん、ホテルが用意した酒類の提供が予定されていた。だが、美音はそこに自分が選んだ酒を加えてもらえるように頼んだのだ。持ち込み料は覚悟の上、それでも『ぼったくり』の店主としての矜持を示したい一心だった。

本当は全部のテーブルに違う酒を置きたかったのだが、参列者の数がただ事ではない。ひとつの銘柄が一升瓶一本だけではあっという間になくなってしまう。あの酒が呑みたかった……なんて思いを残させるぐらいなら、種類を絞って一種類あたりの本数を増やすべきだろう。せめて隣りあったテーブルに同じ酒が置かれないように気をつけて、広い会場に全国の銘酒を配したのである。

これには参列者たちも大喜び、『ぼったくり』の常連たちに限らず、どうやら要の関係者も酒にうるさい人が多かったらしい。

来賓祝辞が終わったあたりで、美音の要望に従って司会者が酒について説明を加えた。

『テーブルによって出されているお酒が違います。これぞというお酒があれば、自由に移動してお楽しみください』

客はこの言葉に歓声を上げ、早速、席を立って気になる酒を目指した。新郎側と新婦側がこんなに入り乱れた披露宴は前代未聞だろう。もっといえば、受付で配られた座席表に、そのテーブルに置かれている酒の銘柄が入っているなんてあり得なかった。

あっちに新潟の大吟醸がある、こっちには四国の純米酒がある、と全国銘酒巡りが始まり、その酒が置かれているテーブルの人たちと挨拶を交わす。酒を求めて移動するような客は、酒好きに決まっているから挨拶に留まらず、酒談義が始まることもあるだろう。うまくすれば、かつてないほど客同士が話をする披露宴になるはずだ。

来賓挨拶も余興も、最小限に留めた。精一杯長く歓談の時間を取るためだ。けれど、もしもこちらの思惑どおりにことが運ばなければ、会場は白けた空気でいっぱいになってしまう……

不安と期待が入り交じる中、美音は客たちの様子を窺う。

会場は広く、高砂と客の席は少し離れている。会話が聞き取れるわけがないから、感想を聞くのは後日、あるいは馨頼りだなと美音はあきらめていた。けれど、美音の心中を察してか、目当ての酒を盃に納めた客たちは、その足で高砂にいる美音のところにやってきてくれた。

「美音坊、『醸し人九平次　純米大吟醸』たあ、粋じゃねえか。昨今人気急上昇中で、地元の愛知でもなかなか手に入らねえって聞いた。たっぷり注いでくれたから、零しちゃなんねえってその場で一口呑ませてもらったが、空酒でも喉をすーっと通ってった。でもって、胃の腑に落ちてからずーんと存在を主張しやがる。噂どおりのすげえ酒だ。なあ、シンさん、そうだろ？」

トクの台詞に、連れだってやってきたシンゾウも大きく頷く。

「しかも酒米はワイルドの代名詞『雄町』ときたもんだ。さっき料理の品書きを見せてもらったが、美音坊は今日の肉料理にこいつを合わせたかったんじゃねえのか？　それにしても、よくぞこれだけ……」

少なくとも六から七つのテーブルに『醸し人九平次　純米大吟醸』の一升瓶が

立っている。人気の高い酒を一度にこれだけ集めるのは大変だったに違いない、ご苦労さんだったなあ、とシンゾウは労ってくれた。

「そうなんです。実はこのお酒、萬乗醸造っていう愛知の蔵で造られてるんですけど、地元でも扱っているお店が少なくて、おひとり様一ヶ月につき一本、とか制限をかけているところもあるぐらいなんですよ。でも、今日の肉料理にはどうしてもこのお酒を添えたくて、頑張りました。本当はもっとたくさん入れたかったし、山田錦との呑み比べも考えたんですけど、他の銘柄もご紹介したくて……というか、これで精一杯でした。だから、みなさんには行き渡らないかも……」

「そうか、そうか。じゃあ、早めにゲットしといて正解ってことだな。どんな料理にも負けねえほどインパクトのある酒だ。じっくりと味わわせてもらうぜ」

そしてシンゾウとトクは、グラスを大事に抱えて自分たちの席に戻っていった。

続いてやってきたのは、トモとイクヤだ。トモはしばらく美音のウエディングドレス姿に見ほれていたあと、はっとしたように言う。

「おめでとう、美音さん。すっごくきれいよ。あ、要さんも素敵」

「おい、トモ。それじゃあ、要さんが付け足しみたいじゃないか」

「いいのよ。結婚式は花婿なんて添え物。褒めちぎられるのは花嫁だけで十分！」

「まったく、すみません要さん、こんなやつで……」

イクヤの詫びに、要は鷹揚（おうよう）な笑みで応える。なにか言うかと思ったら、それより先にトモが美音の髪形に言及し始めた。

「ヘアメイクも素敵ねえ……。長さがあるからどうにでもアレンジできるし……。あ、もしかしてさっきの文金高島田（ぶんきんたかしまだ）も、カツラじゃなくて自毛？」

「実はそうなんです。美容師さんが、これだけ長ければ大丈夫って……」

「やっぱり！　いいなあ……私も頑張って伸ばしてみようかしら」

その言葉で美音は、近々挙式の予定でもあるのかしら……なんてトモとイクヤを交互に見る。けれど、ふたりともそれには触れず、さっさと話を変えた。

「ねえ、この瓶なんなんだけど……」

そう言いながらトモが示したのは日本酒の小瓶である。

引き出物のひとつとして持ち帰り用の手提げ袋に入れたものだが、その際、もしかしたら重くて嫌がる人がいるかもしれない、という懸念があった。

　デパートの販売員として働いているトモが、わざわざそれを高砂（たかさご）まで持ってきたところを見ると、やはり問題ありだったのだろう。

「ごめんなさい。瓶入りのお酒なんて、やっぱり重いですよね。なんなら置いていっていただいても……」

　美音のウエディングドレスに似つかわしくない平身低頭ぶりに、トモは慌てて頭を上げるように言った。

「やだ、違うのよ。ブルーですごくきれいな瓶だし、美音さんのチョイスなら絶対美味しいのはわかってるわ。だから置いていくなんてもっての外なんだけど、どんなお酒なのか、美音さんの説明を聞きたいなあ、と思って」

『ぼったくり』が休業に入って、美味しい酒や料理を堪能できなくなった。それはとても寂しいことには違いないが、それ以上に残念なことがある。それが、美音の酒紹介が聞けなくなったことだ、とトモは言う。

「お酒って、ただ呑んでも美味しいとは思うんだけど、どこの蔵で、どんな風に造られて、どんな料理に合うのか、っていう説明を聞くことでひと味もふた味も上がる気がするのよ」

トモは手にした瓶にしみじみ見入りながら、そんな嬉しいことを言ってくれる。

ところが、イクヤはやんわりそれを否定した。

「いや、それって商品に対する興味、トモの職業病じゃないの？　俺は説明があってもなくても『ぼったくり』で呑む酒は全部旨いよ」

「だからイクヤは情緒が足りないって言われるのよ！」

「え、俺、そんなこと言われてるの？」

イクヤは驚いて目をまん丸にしている。その顔を見て、美音とトモは同時に噴き出した。

美音には、イクヤが『情緒が足りない』なんて言われていないことぐらいわかっている。彼は、むしろ気配り上手で、相手がなにを欲しているかを機敏に察する。『ぼったくり』のカウンターでのふたりのやりとりを聞く限り、あえてトモに好き勝手言わせることでストレスを発散させてやっているように見える。客商売で、言いたい文句も呑み込まなければならないトモのことを、イクヤは誰よりも理解しているに違いない。そんな配慮たっぷりのイクヤが『情緒が足りない』なんて言われるわけがなかった。

「イクヤさん、大丈夫です。誰もそんなこと言ってませんから。トモさんのいつもの冗談です」

「よかったー……」

「それはさておき」

　素知らぬ顔で続けるトモに、イクヤは苦笑いをしている。これもふたりのレクリエーションのひとつ、と判断して、美音は酒についての説明を始めた。

「この『一本義　発泡日本酒　宴日和』は、福井県にある一本義久保本店さんが造っているお酒です。主要銘柄は『伝心』というお酒で、『ただ面と向かい合うだけでは心を通い合わせることができないとき、酒が一滴の魔法となって心を伝え、和を結ぶことができる。伝心は人の和と輪を醸す、そんな酒でありたい』という願いから造られているそうです。私は、この話を聞いたとき、すごく素敵だと思ったんです。今日はたくさんの人に来ていただいているのに、おひとりおひとりにご挨拶をすることはできません。だから、代わりにこの蔵が造ったお酒を添えました」

「あらでも、これ『伝心』って名前じゃないわよ？」

「ええ。最初は『伝心』にしようと思ったんですけど、やっぱり発泡性日本酒のほうがいいかなって。それに名前があまりにも……」

「ああ確かに『宴日和』ってすごくいい、今日にぴったりだ。蔵のコンセプトもかっこいいし、発泡性日本酒なら……」

「普段、日本酒を呑まない人にも気軽に呑んでもらえる、よね？」

イクヤの台詞（せりふ）の続きをトモが引き取って、ふたりはにっこり笑った。

「そのとおりです。この『一本義　発泡日本酒　宴日和』は瓶の中で二次発酵させたあと火入れをしていますから、冷蔵庫に入れておけば一年ぐらいは味も変わりません。なにより、この瓶がすごくいいでしょ？」

「呑み終わったあとも飾っておきたいぐらいきれいよね」

「そうなんです！」

酒そのものばかりか、名前も瓶も、自分たちの結婚式の引き出物にぴったりだと美音は思ったし、要も大賛成してくれた。そうしてこの青い小瓶が、引き出物の袋に収まることになったのである。

「やさしい甘さで、すごく爽やかです。お風呂上がりとかにもうってつけだと思いますよ」

「了解。じゃあ、お客さんのクレームとかでうわーっ！　ってなっちゃった日、ゆっくりお風呂に入ってこれをいただくことにするわ」

「えーっと、一本じゃ足りなければ、俺のも持ってく？」

「あら、ありがとう……って言いたいところだけど、イクヤはイクヤで呑みたい日もあるでしょ？」

「誰かさんにこっぴどくやっつけられた日？」

「あ、ひどい！」

「ご心配なく、そんなこと気にしちゃいないよ」

「ならいいけど……じゃあ、うちの冷蔵庫に入れておいて、今度一緒に呑もっか」

「いいね。じゃ、美音さん、要さん、また……」

最後の最後で仲の良さを見せつけ、トモとイクヤは自分たちの席に戻っていった。


――よかった、みんな楽しんでくれてるみたい……

美音は、列席者の楽しそうな様子にほっと胸を撫で下ろした。

異例だったのは酒の提供だけではない。

『魚辰』から巨大な舟盛りがいくつも持ち込まれた。新鮮な刺身がふんだんに盛られ、いったいミチヤはこれを用意するのにどれぐらい時間がかかったのだろう、明日は疲労困憊で動けなくなるのではないか、と心配になるほどだった。

そこには、赤身、中トロ、大トロとそろい踏みのマグロや湯引きされた鯛、見るからに脂がのっていそうな鰤に甘海老、ホタテ、殻付きのウニまでのせられている。鮮やかなオレンジ色の美味しそうなことといったら……

万が一残ったら、猫たちに持って帰ってやりたいと思ってしまったが、日本酒と刺身の相性なんて語るまでもない。披露宴が終わるころには、舟盛りはきれいになくなっていた。

舟盛り以外にも、『加藤精肉店』からは特上牛肉、『八百源』からは各種の野菜が納められた。

大きなかたまりの牛肉はローストビーフにされ、野菜をたっぷり入れて煮込んだグレービーソースがかけられている。

薄くスライスされて提供されたローストビーフはかなりレアな仕上がりで、牛肉のたたきと見まがうほどだった。だが、すぐに保温鍋をのせたワゴンが回ってきて、グレービーソースがかけられる。熱々のグレービーソースでちょうど良く煮上がったローストビーフに、客たちはため息を漏らす。

「こればっかりは、今すぐ食ってくれ！」

『加藤精肉店』のヨシノリの懇願で、客たちがいっせいに自分の席に戻り始めた。

一刻も早くと気は急くものの、手にはなみなみと注がれた酒のグラス。なんだか運動会のスプーンレースを見ているようで、美音も要も笑いを堪えるのが大変だった。ちなみに、『醸し人九平次』を今日の肉料理に合わせたかった、と前触れを受けていたシンゾウはとっくに席に着き、ローストビーフと酒を堪能していた。

『豆腐の戸田』のがんもどきや厚揚げを野菜と炊き合わせた一皿は、出汁をきかせて調味料を控えた上品な味わい。これには、京都育ちの八重の親族も大いに満足してくれたようだ。

次から次へと出される料理のどれもが素材は最高、味付けも一流、提供方法にまで工夫がこらされ、客はとうとう、もうどうしていいかわからないという顔になった。

「酒を呑みに歩きたいし、料理も食べたいし……美音坊、これは殺生だ――!!」

高砂から遠く離れた親族席、しかも松雄のテーブルにどんと置かれたお気に入りの酒を見つけたシンゾウの、そんな叫びが聞こえてきた。

披露宴に参加した客の大半は要の関係者だった。当然、美音のことはほとんど知らない。司会者による紹介は通り一遍だったし、それは美音が望んだことでもあった。なぜなら、必要以上に説明を加えて、『水商売の女』という印象を濃くすることは、要にとって良くないと考えたからだ。

だが要は、そんな美音の考え方自体が不本意だったらしく、新郎挨拶のあと、唐突に口を開いた。

「本日は、本当にありがとうございました。皆様、ご多用とは存じますが、もう少しだけ、お時間をください」

そして要はぐっとマイクを握り直し、美音の紹介を始めた。

「今日の料理のほとんどは、新婦である美音が自ら考案、ホテルと打ち合わせを重ねて作られたものです。美音自身が作って持ち込んだ料理もいくつかあります。食材も大半は美音の店がある商店街から仕入れました。どの品もお店の方が吟味を重ね、可能な限り最上の物が納められたと聞いています。商店街の方々が美音を思ってくださる気持ちの表れだと感謝しております。また、テーブルに置かれた酒はすべて美音が味を確かめ、これなら……と選んだものです。今日のおもてなしのすべてが美音を表しています。そして、これはなにも今日に限ったことではなく、彼女が店を営むにあたって、常に実践していることです。皆様、これが私の妻になる人です。これからも私たちをよろしくお願い致します」

要の言葉には新妻への尊敬、そして美音を妻にした自分を誇る気持ちが込められていた。

会場内に拍手がわき起こり、美音の目から涙が溢れる。

その涙を真っ白なハンカチでそっと拭いてやる要に、今度は甲高い口笛が鳴り響いた。

「家に帰ってやれー!!」

——今の声、馨みたいに聞こえたけど、きっと気のせいよね……

美音は泣き笑いの中、妹の姿を探した。ようやく見つけた馨は、美音の視線に気付き咄嗟に目を逸らす。どうやら、声の主は本当に馨だったらしい。

呆れ返った美音の表情と、ぺろりと舌を出す馨。縁起でもないと眉を顰められがちな『仏滅結婚式』は、列席者が姉妹のやりとりに爆笑する中、和やかに幕を閉じた。


「お姉ちゃん、今から二次会、そのあと三次会もあるんでしょ？　大変だねえ……」

披露宴を終えて戻った控え室で、散々飲み食いしたあとらしき馨が言った。

「あんたこそ、そんなに食べちゃったら豪華ディナーはどうなるの？」

「大丈夫だよ。あたしはまだ若いし、あっという間に消化しちゃう！」

どうせ私は……と自分の年齢を嘆きつつ、美音は着替えを終えた。

「はい、お疲れさま。じゃあ、あたしはこれで……」

そう言うと、馨は部屋を出ていこうとした。二次会、三次会を済ませたあと、美音たちは要のマンションで一泊し、新婚旅行に出る。ここで別れたら、しばらく馨には会えないのだ。あまりにもあっさりした別れに、慌てて美音は呼び止める。

「馨、ちょっと待って！」

「挨拶とか、やめにしようね。お姉ちゃんは改築が終わったら戻ってくるんだし、別々の家に住んだって、毎日店で顔を合わせるんだし!!」

「でも……」

「いいんだってば！　なんにも変わらないじゃん。昨日の続きの今日だし、今日の続きの明日！」

そして、馨は「お土産、よろしくね！」と言い捨て、さっさと出ていってしまった。

そこで戸惑う美音に声をかけたのは、馨同様、着替えが終わるのを待っていてくれたウメである。

「勘弁してやりなよ」

「でも、ウメさん……」

「馨ちゃん、寂しくてどうにもなんないんだよ。生まれてからずーっと美音坊と離れたことなんてなかった。先代夫婦が亡くなったときだって、美音坊がいてくれたからこそなんとかなった。でも、もう明日からはひとり……。改まっての挨拶なんて念押しされたら、いくら馨ちゃんだって参っちまうよ。いつもどおり、先に店から帰るときみたいにしておきたい。今日だけでも、なんにも変わらないって思いたいんだよ」

今夜は空から夜景を見て、ゆっくり豪華ディナーを味わいながら、彼氏に慰めてもらえばいい。あの彼氏も、早いうちにあの子と所帯を持ってくれると安心できるのに――

そんな話をしたあと、ウメは美音といっしょにホテルの車寄せに行き、待っていたバスに乗り込む。このバスは、これからウメたちを商店街まで送ることになっていた。

先に乗り込んでいたミチヤが、窓から叫ぶ。

「美音坊、待ってるぞ。さっさと戻ってこいよ！」

「工事が終わったらすぐに帰るわ！　そしたらまたよろしくね！」

「『ぼったくり』が仕入れてくれないと店が干上がっちまうし、美音坊の料理を食わねえと、俺たちが干上がる。とにかく、早く戻ってこーい！」

そんな町内会長のヒロシの声を最後に、バスは走り去った。

馨が去り、商店街の人たちが去り、残ったのは美音だけ……。ひとりだと気付いて、美音は一瞬自分もあの町に駆け戻りたくなる。そこにやってきたのは要だった。

「ごめん、間に合わなかった！　上で友だちに捕まっちゃって。みんな、無事に帰った？」

「はい」

――それで、この泣き出しそうな顔、ってわけだな。

要は、今日一日で涙のストックを使い果たすつもりらしき新妻を見た。

披露宴どころか、結婚式そのものが始まったときから、美音は泣きっぱなしだった。もしかしたらおれと結婚するのが嫌なんじゃないだろうか、と思って落ち込みそうになったぐらいである。

もちろん、すぐに美音が『全部嬉し涙です』と言ってくれたから、胸を撫で下ろしたけれど、あとからあとから出てくる涙に、これほどため込んでいたのか……と切なくなってしまった。

これからは、泣きたくなったらいつだって泣けばいい。泣かずに済むのが一番だけど、人生はそんなに簡単にいくものじゃない。泣きたくなる日は、この先もたくさんあるに違いない。

でも……と要は考える。

泣くのはいいが、自分に隠れて泣かないでほしい。喜びも悲しみも、できる限り分かち合っていきたい。病めるときも健やかなるときも……

心の中で、結婚の誓いを唱えなおしながら、要は美音をエレベーターに促す。

悪友たちが待ち受ける二次会が、始まろうとしていた。

酒米の違い

コシヒカリ、あきたこまち、ゆめぴりか……と聞けば、ああお米だな、とわかる方は多いと思います。では五百万石、雄町、美山錦、ではどうでしょう？　お酒に詳しい方ならおわかりでしょうか。これらはみな日本酒の原料となる酒米の銘柄です。酒米にはそれぞれ特徴があり、日本酒の味を決める大事な要素となっています。自分が美味しいと感じるお酒を調べてみたら、同じ酒米を使っていた……なんてことも。そうなるとしめたもの、あなたの舌に合うのはその酒米、ということになります。お酒を選ぶ際、甘さ辛さや酸味の有無などに加えて酒米も気にしてみると、お好みのお酒に出会いやすくなるかも……？

醸(かも)し人(びと)九平次(くへいじ)　純米大吟醸　雄町(おまち)

株式会社萬乗醸造

〒459-8001
愛知県名古屋市緑区大高町西門田41
TEL：052-621-2185
FAX：052-621-2186
URL：http://www.kuheiji.co.jp/

一本義　発泡日本酒　宴日和

株式会社一本義久保本店

〒911-8585
福井県勝山市沢町1丁目3番1号
TEL：0779-87-2500
FAX：0779-87-2504
URL：http://www.ippongi.co.jp/

だまこ汁

檜のカウンター

「失礼する」

朝の十時前、現場の入り口から声をかけてきた人物を見て、ショウタはぎょっとした。なぜなら、それなりに知ってはいるものの、実際に会うことなどないと思っていた相手だったからだ。

おそらくオーダーメイドに違いないスーツで、改築工事真っ最中の居酒屋『ぼったくり』に入ってきたのは佐島建設の元社長、現在は会長を務める佐島松雄だった。おまけに、この店の主と結婚した男の祖父でもある。

「仕事中にすまないが、ちょっと見せてもらっていいだろうか？」

許可を求めつつも、既に松雄は店の中に入っている。この仕事は佐島建設が受注しているのだから、会長である松雄が現場に入るのを断ることなどできない、と承知しているに違いない。

「えーっと……佐島建設さんですよね？」

「会長の佐島松雄だ。このたびは孫が無理を言って、申し訳ない」

そう言ったあと、彼は天井から床まで、鋭い目で見回した。きっと工事の進み具合、そして出来映えを確かめているのだろう。

ショウタは長年この仕事に携わり、そこそこの評価も受けているが、やはり目の前で見定められるのは苦手だ。どうしても肩に力が入るし、緊張で足が震えそうにもなってしまう。

文句をつけられたらどうしよう……とびくびくしながら待っていると、予想に反して、松雄は満足そうに頷いた。

「孫がいきなり、この店の改築を任せたい人がいる、と言ってきたときは、正直戸惑った。だが、現場を見せてもらって大いに納得した。本当に丁寧でいい仕事だ」

「あ、ありがとうございます」

「手を止めさせて申し訳ないが、せっかくだから冷めないうちに飲んでくれ」
そして松雄は、温かいお茶が入ったペットボトルを差し出した。

ショウタは居酒屋『ぼったくり』の改築工事を請け負っている大工である。『ぼったくり』は同じく大工だった父親が昔、請け負った現場で、ショウタにとっては父の持つ技を譲り受けた場所でもある。その工事を最後に父は引退、親子で入った最後の現場ということで、ショウタは建築図面を大事にしまっておいた。『ぼったくり』の常連であるシンゾウからこの店が改築されることを知らされ、最後に思い出の現場を見たいと店を訪れたショウタは、偶然、今回の施主が古い図面を必要としていることを知り、提供を申し出た。その結果、もともとこの店を建てた大工ということもあって、ショウタが店舗部分の改築を請け負うことになったのである。

下請けとして正式に佐島建設と契約し、『ぼったくり』の改築を始めてから一ヶ月が過ぎようとしていた。今回の工事は改築だけではなく、店舗の上に住居を建て増す増築工事もあわせておこなう。

店舗の改築と住居の増築は施主も別々と聞いたときは少々戸惑ったが、それぞれの施主はつい先日結婚、夫婦となって新婚旅行に出かけていった。

新婚旅行から帰っても、工事が終わるまではここに住むことができない。どうするのだろうと思っていたら、しばらくは夫の要が学生時代に使っていたマンションで暮らすそうだ。

住まいが確保されているなら、そう急ぐことはない。時間をかけて丁寧な仕事をしよう、とショウタは思っていた。ところが、そうは問屋が卸さなかった。一日も早く『ぼったくり』の店主に戻ってきてほしいらしく、近隣住民たちが現場の前を通るたびに声をかけてくるのだ。

「棟梁、どこまで進んだ？」

「もうそろそろ仕上がりそうかい？」

「これでも飲んでがんばってくれよー」

そして、彼らはお茶やコーヒー、時には紅茶といった飲み物が入ったペットボトルや茶菓子を置いていく。

昨今、現場に入る職人への茶菓の接待は省かれがちである。当然、お茶を飲みながら施主と話をすることもなくなっているが、この現場は例外だった。

午前中は美音が、午後になると馨がポットに詰めた飲み物とちょっとつまめるお菓子や漬け物を持ってやってくる。飲み物の種類も日によって変わるし、温度も気候に合わせて熱かったり冷たかったりする。そして、どうかすると根を詰めすぎるショウタに休憩を促し、その日の工事の進み具合や、相談事の有無を確認していく。それもこれも、こうした時間を取ることが結果としていい仕事に繋がると信じてのことだろう。

美音は言うなれば『昔ながらの施主』、そしてそれは昭和から大工をしているショウタにとって、とてもありがたいことだった。

美音が新婚旅行に行ってしまったあと、これで午前中のお茶はなくなるだろうと思った。けれど今度は、妹の馨が午前と午後の二回のお茶を運んでくるようになった。ありがたいとは思ったが、彼女の家は少し離れたところにあるという。

さすがに一日二回のお茶当番は大変すぎるということで、午前中のお茶は辞退することにした。

もともと期待もしていなかったお茶だから、一回出してもらうだけでもありがたかった。だが、現場にはずっとひとりきり、午前と午後の二回の時間が格好の息抜きだったことも確かだ。

そんなショウタの心境を知ってか知らずか、美音が新婚旅行に出かけたあと、午前の休憩を取る時刻になると町の人たちがやってくるようになった。しかも彼らは、手に手にお茶やお菓子を持ってくるのだ。

それでも、佐島建設の会長が自ら現れるなんて予想外もいいところ、ショウタはすっかり恐縮してしまった。差し出されたお茶を受け取りはしたものの、どうしていいかわからない。

ところが、そんなショウタを尻目に、松雄は自分用に買ってきたらしきお茶をさっさと開けて、立ったまま飲み始めた。

「会長さん、こっちへどうぞ」

慌てて休憩用の折りたたみ椅子を松雄に勧め、自分も腰掛けてペットボトルのキャップを捻る。

冬の最中、暖房もない現場作業で、温かいお茶は何よりのご馳走だった。

ふたつ並べた椅子に腰掛け、しばらく黙ってお茶を飲んでいたものの、とうとう沈黙に耐えられなくなってショウタは訊ねた。

「あの……今日はなにか特別な……？」

「いや、なに、うちの職人たちがあの棟梁の仕事はすごいって感心していたから、ちょっと見たくなっただけだ。今時の若い職人があんなに素直に褒めることはないからな」

そして松雄は椅子から立ち上がり、窓に近づいた……と思うと、おもむろにしゃがみ込む。

「この巾木（はばき）は大したものだ。ぴったり合って隙間ひとつない。こんな細工を見たのはひさしぶりだ。あんたを仕込んだのは親父さんだって聞いたが、親父さんもさぞやいい職人だったんだろうな」

「あ、ありがとうございます」

一人前になって久しい。近頃では、こんな風に面と向かって褒められることなどなくなっていた。

それでも、いくつになっても褒められれば嬉しい。特に、父親を褒められたことが嬉しくて、ショウタはようやく肩の力を抜いた。

そんなショウタの気持ちを読んだように、松雄が口を開いた。やはり、お茶の差し入れだけが目的ではなかったらしい。

「ちょっと相談に乗ってほしいんだが……」

「なんでしょう？」

「店の改築にあたって、施主があきらめてしまったものはなかったかね？」

「あきらめてしまったもの……？」

意味がわからず問い返したショウタに、松雄は説明を始めた。

「店舗部分は美音さんが施主だと聞いた。だが、あの子はわりと意地っ張りというか、独立精神が強いというか、自分の財布に合わないことはやらなかったんじゃないかと思う。たとえ孫が、自分が出すから、と言っても聞き入れなかったんじゃないかと……」

例えば、本当は欲しい設備を予算の関係であきらめたり、グレードを下げたりしなかっただろうか。そういうものがあったとしたら、施主が欲しがっていたものにしてやってほしい――

松雄はひどく照れくさそうに、自分の要望を語った。

「もしも既に発注してしまったものがあるなら、私のほうでなんとかする。だから、美音さんが欲しがっていたものに変えてやってほしいんだ」

「そういうことですか……。でも、なんでまた？」

「まあ、あれだよ。私からの改築祝い、サプライズプレゼント、ってところだ」

美音が欲しがっていたものだけでなく、棟梁としてここはこうしておいたほうがいいと思うところがあるなら、それも含めて設備のグレードを上げてやってくれないか、と松雄は言った。

それでいて、ちょっと不安そうにショウタを窺う。

「やめたほうがいいだろうか？　美音さんが機嫌を損ねてしまっても困るし……」

わざわざここまでやってきて頼んでおきながら、土壇場でためらい始める。佐島建設という大会社の会長にあまりにもそぐわないおこないに、ショウタはうっかり笑い出しそうになる。それでもなんとか堪えながら言った。

「大丈夫ですよ。こちらの施主さんは、そういう人のご厚意を無にするような人じゃありません。会長さんの心づくし、きっと喜んで受け取られると思います」

施しは嫌うだろうけれど、ちゃんと理由のあるものならば素直に受け入れるはずだ。それが『お祝い』ならばなおのことだ、とショウタは思う。

そしてショウタは、カウンターに手を滑らせながら言った。

「このカウンター、実は、最初に建てたときの施主が予算不足で適当に選んだものなんです。手入れはしっかりしてあるからまだまだ使えるし、愛着もあるとは思うんですが、いかんせん材質が良くない。今回、思い切って変えようかって話も出たんですが、どうにも中途半端なグレードにしかできなくて、それならもうこのままにしておこう、って最後の最後であきらめたんです。だから、もし佐島さんがいいとおっしゃってくださるなら、このカウンターをとびきりの檜(ひのき)にしたらどうかな、と……」

この店を建てた施主はあっという間に店を潰してしまった。

潰れる少し前に来てみたときには、カウンターは適当に扱われ、食べこぼしや油が染みついて悲惨な状態だった。潰れたと聞いたときは、さもありなんとしか思えなかった。

ところが、十数年ぶりにこの店に来てみたら、同じカウンターが実に趣深(おもむきぶか)いものに変わっていた。新しい店主は毎日きちんと手入れをし、磨き込んでいたのだろう。そして美音もまた……

「俺、思ったんです。この女将(おかみ)さんなら店を潰すことなんてない。この質の悪いカウンターですら、こんなにきれいな状態に保てる人にこそ、一級品の檜のカウンターを使ってもらいたい。年を重ねて、きっと味のあるカウンターに育ててくれるだろうって」

ショウタのそんな話を聞いて、松雄は大きく頷いた。

「確かに、美音さんならそうするだろう。居酒屋のカウンターは店の顔だ。それに、この店の客はほとんどがカウンターに座るらしい。檜のカウンターというのはうってつけだろうな」

「その分、予算もけっこうするんですけどね……」

「かまわん。どうせ小さい店、カウンターだって短いものだ。檜といっても、たかが知れている。せいぜい質が良いものを見つけて据えてやってくれ」

松雄は引退しているとはいえ、長年建設業に携わってきた人だ。檜のカウンターの価格ぐらい見当がつくのだろう。彼は一瞬のためらいもなく言いきった。たかが知れている、と松雄は言うが、美音がカタログを見たときはため息しか出てこなかった。

『やっぱりいいものはそれなりのお値段なのね……』

実に悔しそう、そして切なそうな表情が忘れられない。さらに彼女は言った。

『こんなカウンターなら、さぞや肌触りもいいでしょうに……』

おそらく、客の誰かを思い浮かべているに違いない眼差しで、美音はカタログをそっと閉じた。

泣く泣くあきらめた檜（ひのき）のカウンターが入ったと知ったら、さぞや美音は喜ぶだろう。しかもそれが、要の祖父からの贈り物だとしたらなおさらである。きっと毎日大切に磨き、その都度、松雄に感謝するに違いない。

「日程的には大丈夫だろうか？　工期が遅れるのは困るんだが……」

「厳しいことは確かですが、伝手（つて）がないこともありません。なんとかやってみます」

「それはありがたい。じゃあそういうことで、よろしく頼むよ」

そう言うと松雄は現場から出ていこうとした。

手には空のペットボトル、ショウタの分も既に空だ。それに気付いた松雄は、ショウタの手からペットボトルを取り、買ってきたときのものらしきレジ袋に納める。

「ゴミを置いていっちゃ迷惑だからな」

そんな言葉を残すあたり、なかなかどうして気配りに富んでいる、という感じだった。

†

佐島松雄がやってきた翌日、また別な訪問者があった。

開けっ放しにしてあった戸口から顔を覗かせたのは、着物姿の上品な女性である。

彼女は、住宅部分の施主の母親だと名乗った。住宅部分の施主——要は佐島建設に勤めていて、社長の弟だと聞いている。つまり目の前にいるのは、佐島建設の現社長の母親ということになる。

ショウタは作業の手を止めて、物珍しそうに現場を見回している女性に訊ねた。

「昨日、佐島の会長さんがいらっしゃいましたが、その件でなにか不都合でもありましたか？」

景気よく檜のカウンターを注文したのはいいが、誰かの反対にあった、あるいはもっといい贈り物が見つかった。昨日の注文を取り消したいが、少々気まずい。

やむなく代理を立てた……というのはよくあることのように思えた。

ところが、その女性は松雄の訪問についてはまったく知らなかったらしく、それを聞くなり素っ頓狂な声を上げた。

「もう来ちゃったの⁉　いやだ、先を越されちゃったわ」

もっと早く来ればよかった、としきりに後悔しながら、彼女が差し出したのは黄色地に黒の文字が入った缶コーヒー、『甘みたっぷり』と評判の銘柄だった。

「身体を中から温めてくれそうだし、なによりこれ、すごく甘いんですって。大工さんは身体を使うから糖分もしっかり補給しないとね」

奥さん、それは頭を使う人の間違いじゃありませんか？　俺はどちらかというと、塩分のほうが嬉しいんですが……と突っ込みたくなった。けれど、目の前の女性は純粋な親切心で言ってくれているようだし、差し入れにケチをつけるなんてもっての外だ。ショウタは黙って、ありがたく頂戴することにした。

「きっと舅もなにか贈り物を……って考えてきたんでしょうけど、あちらはなにを？」

「えーっと……会長さんはカウンターを檜に、って……」

「檜のカウンター！　それはさすがとしか言いようがないわね。それはそれとして、他にはなにか贈れそうなものはないかしら？」

「カウンターの他に、ですか？」

そんなに贈り物がしたければ、檜のカウンターの費用を折半すればいい。これ以上面倒くさいことを言い出さないでくれ……

もしかしたら、そんなふうに言う大工もいるかもしれない。けれど、ショウタはそういうタイプではないし、少しでもいい仕事をしたい、施主にとって住みやすい、使いやすい家を作りたいという気持ちをたっぷり持っている。予算に合わなくてあきらめたあれこれを誰かが贈り、施主が喜ぶ姿を見られるのなら、ショウタにとってても嬉しいことだった。

「店のほうはもともとそんなに手を入れない予定だったし、カウンター以外は既に施主さんも大満足の仕様になってるんですよね」

「そうなの……それは残念。でも美音さんが満足しているならそれが一番。あ、じゃあ、上のほうはどうかしら？」

「上？　住宅部分ですか？」

「そう。うちの息子が施主になってるほう。そっちは丸ごと新築みたいなものだし、私がプレゼントできそうなものがひとつぐらいあるんじゃない？」

一息にそう言っておきながら、彼女はちょっと困った顔になった。

「それとも美音さん、姑からの贈り物なんていやかしら……」

佐島建設社長のご母堂が、息子本人ではなく妻を気にする……。そういえば、昨日来た会長も美音の意向を気にしていた。彼らにしてみれば、とにかく怒らせたくないのは美音、要のほうはなんとでもなる、ということらしい。

施主夫婦の力関係が見えたような気がして、ショウタはにんまり笑ってしまった。

目の前の女性は、なおも一生懸命考えている。

「なにかおすすめのものはないかしら？　水回り……っていっても、きっと台所は万全に整えてあるでしょうから、お手洗いとかお風呂とか……」

「どっちもかなり良いものが入ってますよ。面積的にも、けっこう広く取ってあるし」

「そう……あ、そのお風呂にジャグジーは付いてる？」

「ジャグジー？　さすがにそこまでは……」

住宅部分の仕様書を確かめてみたが、足を伸ばして入れるサイズ、なおかつ自動給湯、温度調節、予約や浴室乾燥機能も装備されてはいたが、ジャグジー機能までは付いていなかった。

それを聞いて、施主の母親はものすごく嬉しそうな顔になった。

「じゃあ、付いてるのに変えてくださいな。立ち仕事だし、ジャグジー付きのお風呂があったら、疲れもすごく癒されると思わない？」

「そうでしょうねえ……」

ジャグジー付きの風呂の素晴らしさを滔々と語る女性を前に、ショウタが口にできたのはその言葉だけだった。そして彼女は、これで安心、と大満足で帰っていった。

さらに翌日、ショウタは作業を進めながらも、戸口が気になって仕方がなかった。一昨日、昨日と訪問者が続いた。この分だと今日も予期せぬ訪問者が現れかねない。なんせ、住宅部分の施主には兄がいる。家族というのは案外似たようなことを考える。祖父と母がやってきたのなら、兄が来たって不思議ではないのだ。いよいよ佐島建設社長の登場か、と落ち着かない気持ちでいると、やってきたのは社長本人ではなく、その妻だった。

「お忙しいところ、お邪魔いたします」

声量からして控えめ、腰だって大会社の社長夫人とは思えないほど低い。見るからに大人しそうな社長夫人は、昨日の施主の母親以上に興味津々(きょうみしんしん)で店の中を見回している。

普段の生活では外に呑みに行く機会はなさそうだし、学生時代に遊び歩いていたという感じでもない。もしかしたら、居酒屋という場所に初めて足を踏み入れたのかもしれない。

しばらく店の中を見たあと、彼女は訊ねた。

「祖父と義母がお邪魔したと聞きました。カウンターとお風呂をいいものに変えるように注文したそうですね。それであの……なにか他にもできることが残っておりますでしょうか……。私、佐島の家に私以外のお嫁さんが来てくれて本当に嬉しいんです。何せあの家、どの方もものすごく個性的というか、自己主張がすごく強くて……」

そう言って、社長夫人はひっそりと笑った。

ショウタは、実は、その個性が強い人たちは、みんなしてこの店の女将の顔色を窺ってるんですよ、目下最強は、ここの女将みたいです、と言いたくなる。もしかしたら、美音が入ることで事態はより大変になる可能性もある。そんなに喜んでいて大丈夫なのか、と心配になるが、それはショウタが口を挟むことではなかった。

ショウタの沈黙を、自分の発言を肯定してくれたものと取ったらしき社長夫人は、安心したように話し続ける。

「まあ……個性は誰でも持っているんでしょうけど、あんなにはっきり表に出す人たちは珍しいですよね？　ときどき、猫の飼い方も知らないのかしら……って思っちゃいます」

「猫……？　奥さんのお宅で猫を飼ってらっしゃるんですか？」

「あら……猫とは言っても、本物のニャーニャー鳴くのじゃなくて被るほうの猫のことです」

それを聞いたショウタは、なんだ……と呆れそうになる。

彼女の言う『猫の飼い方』は、猫の飼育法ではなく『猫の被り方』、つまり本性の隠し方を意味するらしい。呆れたように『知らないのかしら』と言うところを見ると、彼女自身は日頃から猫を被って暮らしているに違いない。

――結局この人も、佐島家の人になるべくしてなった人、つまりはここの女将と同類ってことだ。もしもこの人とあの女将が親戚の寄り合いで顔を合わせたら、ふたりして猫を被りまくり。あっちもニャー、こっちもニャーで賑やかなことになるんだろうな……

そんなことをぼんやり考えていたショウタは、佐島建設社長夫人が答えを待つようにこちらを見ていることに気付いて、慌てて口を開いた。

「カウンターは檜(ひのき)の一枚板になったし、風呂もジャグジー付きになりました。台所の仕様は元々極上だし、これ以上できることは……」

「ですよねえ……。やっぱり遅すぎたんですね。でも本当に困ったわ。夫からも、なにかお祝いになるようなものを見つけてきてくれる？　って頼まれたのに……」

『見つけてこい』じゃなくて『見つけてきてくれる？』。

ここにも夫婦の微妙な力関係を推し量る言葉があった。

大会社の社長とその弟、何度か打ち合わせもしたが、しっかりした性格だし仕事もばりばりだ。もしかしたら兄弟ふたりして亭主関白の見本のように思われるかもしれない。

それなのに、実際はどちらも妻に頭が上がらない。もしかしたら会長夫妻も同様かもしれない。あの『威厳』という言葉がぴったりのいかめしい男が、妻を相手にへこへこ謝っている——そんな姿を想像したら、笑いが堪(こら)えきれなくなった。

いきなり笑い出したショウタを、社長夫人が怪訝(けげん)そうに見た。なんでもありません、とごまかしたあと、ショウタはひとつの提案をした。天井を仰いで盛大に笑ったとたん、あるものが目に入ったからだ。

「奥さん、いっそ暖簾(のれん)を贈られたらどうですか？」

「暖簾？」

「ええ。ここの暖簾、先代からずっと使ってるせいかけっこう草臥(くたび)れてるんですよ。味があるといえばあるんですが、せっかく新装開店するんだから、暖簾もぴしっとしたのに変えたらどうかな、と思って……」

「ああ、それは素敵ですね。でもあんまり色やデザインは変えないほうがいいですよね？」

「そうですね……暖簾は店の顔ですから、そのあたりは変えずに染め方や布の素材をいいものにしたらどうでしょう？」

「良い考えだと思います。じゃあうんと飛びきりのものを……でも、暖簾ってどこで買えばいいんでしょう？」

暖簾なんて買ったことがありません、と困ったように言われ、ショウタは暖簾の手配も引き受けることにした。『乗りかかった船』というよりも、半ば『毒を食らわば皿まで』の心境だった。

「ご多用のところ、大変申し訳ございませんが、よろしくお願いいたします」

「承りました。ちゃんと注文しておくのでご安心を」

「ありがとうございます。あ、そうそう、今日は手ぶらで来てしまいました。これで、お茶でも召し上がってくださいな」

そして社長夫人はショウタに無理やりポチ袋を押しつけ、意気揚々と帰っていった。ポチ袋の表書きは『寸志』、中には札が入っているようだった。

後ろ姿を見送りながら、やっぱり似たタイプかもなあ、とショウタは思う。

着工にあたり、揃って挨拶にやってきた施主夫妻は、同じようにショウタに『寸志』を差し出した。しかも、今の社長夫人のような小さなポチ袋ではなく、ちゃんとした祝儀袋だった。さらに遠慮して受け取ろうとしないショウタに、美音はきっぱり言った。

「ショウタさん、今日は『棟上げ』と同じような日です。本来ならお酒やお料理を用意するべきなんですけど、このあとすぐに仕事にかかっていただくし、なによりショウタさんは車で来てるでしょう？　だから代わりにこれを受け取ってください」

そして美音は、それでも受け取ろうとしないショウタに、今の社長夫人のように無理やり押しつけたのだ。これを似ていると言わずしてどうする、という感じだった。

いずれにしても、カウンターと風呂の仕様変更と暖簾の追加。やれやれ、忙しいことだ、これで終わりにしてくれよと祈るような気持ちでショウタは仕事に戻った。

ところが、ショウタの願いも虚しく、新婚夫婦への贈り物はそれでは止まらなかった。

「なんだい、もう暖簾は手配済みかい！」

翌日現れたシンゾウは、痛恨のエラーという顔をした。

先代夫婦に店名を変えさせたのは常連たちだと知ったとき、ショウタは、おそらくシンゾウが多少は絡んでいるのだろうと思った。ところがよく聞いてみると、音頭（おんど）を取るのみならず、新しい店名が入った暖簾の手配までシンゾウがおこなったのだという。

そんな彼が、『ぼったくり』の新装開店にあたって新しい暖簾を贈るのは自分の役目だと考えるのは当然の成り行きだった。

「そうだったんですか……。すみません。そんなこととは知らず……」

「いやいや、しょうがねえ、しょうがねえ。佐島建設はあんたの雇い主、その社長のかみさんが直々にやってきたんだ。あんたも精一杯知恵を絞った結果だろう。むしろ、今わかってよかった。いくら新装開店でも、暖簾ばっかり二枚も三枚もあっても仕方がないからな」

とはいえ……とシンゾウはちょっと眉根を寄せた。

「新装開店祝いに暖簾を新調しようってんで、近所の連中に触れ回っちまった。

立ち消えってわけにもいかねえし、なによりみんなの気持ちを形にしたい」

なにか贈れそうなものはないだろうか、とシンゾウは連日訪れる珍客と同じ質問をした。おまけに、こっそり用意できるものがいい、とまで言う。

――ここらの連中は、どれだけあの店主を気に入ってるんだ。おまけに、みんなしてとことんサプライズ好き……

佐島建設会長から近隣住民まで、こぞって施主夫婦が新婚旅行に出かけてからやってきて、今のうちになんとか……と頼んでくる。おそらく、施主夫婦がいたら遠慮して断ることまで織り込み済みなのだろう。だからこそ留守の間に手配して、断るに断れない状況に持ち込むつもりに違いない。

いずれにしても施主夫婦――というよりも美音の人気の高さを裏付けている。それも、美音が突然店を譲り受けることになったにもかかわらず、一生懸命商いや近隣との交流に励んできたからこそだろう。

――いい店、いい客、いい家族。こいつは俺も気合いを入れないとな……

ショウタは頭に巻いたタオルをぐいっと結び直す。心の底から、いい店にしてやりたい、いい家にしてやりたい、と思える現場に出会えて幸せだった。

増築部分の骨組みと外回りは佐島建設がやってきて、怒濤(どとう)の勢いで終わらせていった。

残っているのは内装、もっぱら建具(たてぐ)工事でショウタの腕の見せどころといえる。だが、腕の見せどころが故に、こだわればこだわるほど時間がかかり、工程が遅れそうになる。

細かい造作のひとつひとつを丁寧に、最大限工夫も凝(こ)らしたい。父親が最後に入った思い出の現場を、今度は自分ひとりで納得のいく出来にしたい。そうすることで、尊敬する棟梁だった父に一歩でも近づきたいという気持ちが日々高まっていった。

幸い、内装工事は照明を使えば、日が落ちてからも作業を続けることができる。それをいいことに、ショウタは連日遅くまで現場に残っていた。

そんなある日、日もとっぷり暮れてから現場を訪れた者があった。

「あー！　やっぱりまだやってた！」

嘆くような、責めるような声を上げつつ、入ってきたのは施主の妹だった。

「すみません。つい……」

「ショウタさん、毎日頑張ってくれるのはありがたいけど、あんまり無理をすると、身体を壊しちゃうよ」

「いや、無理っていうより楽しくて……。ここはこうしよう、あそこはこうしたらどうだろう、って考えてると手を止めるのが嫌になって……。久しぶりです、こんなにやり甲斐のある現場は」

「ならいいんだけど……。あ、そうだ。お姉ちゃんから伝言です！」

「え……どこか不都合でも？」

いくつか続いた仕様変更は、美音には知らされていないはずだ。旅先でふと思い付いて、変えたくなったところが『サプライズ』と重なったら面倒なことになる。ショウタはひやひやしながら、馨の言葉を待った。だが、美音の伝言はショウタの予想とはまったく違うものだった。

「お姉ちゃんが、『ショウタさんは凝り性みたいだから、こっちのほうがいいと思ったら、自前でも高い材料を使いかねない。それだけはやめてくださいね』ですって」

「あ……」

実は、美音の懸念どおり、既に何ヶ所か発注されたものよりいい素材を使っていた。

カウンターが檜となったら、大工としては、まわりの造作だってそれに見合うものにしたくなる。

もともと決まっていたものも悪くはないが、やはり少々見劣りがする。思い出の現場に入れて、賃金もたっぷり弾んでもらっているのだから、多少の持ち出しはやむを得ない。

そんな気持ちから、ショウタはいくつかの素材をグレードアップしたのである。

きっと、悪戯を見つかった子どものような顔になったのだろう。ショウタの表情から、事の次第を察したらしき馨は、あーあ、と天井を仰いだ。

「やっぱり、お姉ちゃんの予想どおりってことね」
「親父に負けたくないなんて思ってしまって。いや、親父には全然敵わないって
わかってはいるんですけど、つい……」
ショウタが自腹を切ったとなったら、美音は申し訳なく思うに決まっている。
だからこそその伝言である。旅先からでもこんな気遣いができる。それが美音の人
気の秘訣に違いない。
そこでショウタは、あくまでもこれは自分と父親の問題だ、と言い張ることで、
美音の心配を減らそうとした。もちろん、信用される確率は半々だと思いなが
ら……
ところが、それを聞いた馨は案外すんなり頷いた。
「そうだよね。ショウタさんだってお父さんに負けたくないって気持ちはあるよ
ね。わかるわかる！」
そして馨は、自分たちも同じ、敵わないまでも少しでも近づきたいと思ってい
るんだよ、と勢い込んだ。

「親と同じ仕事をするって、楽なように見えて案外プレッシャーなんだよね！」

「まあ、そういうことです」

「でもまあ、わざわざお姉ちゃんが、使ったものはちゃんとお支払いしますから、って言ってきてることだし、たぶん要さんとも相談済みだと思う。だから、請求書に入れちゃっていいんじゃない？」

「いやでも、俺が勝手にしたことですし」

「商売は商売。他で損することもあるだろうから、ショウタさんが必要だと思うものは使って、ちゃんと払ってもらいなよ」

馨はそう言ったあと、人差し指と親指で小さな円を作って煽る。

「多少はぼったくっていいよ。なんと言っても、バックにはあの佐島建設がついてるんだし！」

「さすがにそれは……」

「真面目だねえ、ショウタさんは」

「それだけが取り柄みたいなもんですから。で、馨さん、その伝言をしにわざわざ？」

するとは、あ、そうだ……と思い出したように肩から提げていた大きな布袋を下ろし、現場を見回しながら訊いた。

「ねえ、ショウタさん。ここって、ちょっと火を使って大丈夫？」

「火？」

「カセットコンロとかは……やっぱりだめだよね」

施工中の現場には、燃えやすいものがたくさん置いてある。いくら気をつけても、事故が起きるときには起きてしまう。やはり、火の気は禁物だった。

「馨さん、悪いですけど……」

「あ、やっぱりね。そう思って、こっちを持ってきたの。これなら大丈夫でしょ？」

そう言いながら馨が取り出したのは、卓上の電磁調理器だった。

「ああ、それなら……」

「よかった！」

そして、馨は店の隅にあるコンセントに電磁調理器を繋ぎ、中ぐらいの鍋をかけた。

「寒いし、もうこんな時間だからお腹も空いてるでしょ？」

日もとっぷりと暮れ、火の気がない現場は冷え冷えとしている。しっかり重ね着をしてはいたが、時間が経つにつれ、寒さが骨身に沁みてきていた。

「すぐ温まるから、これを一緒に食べようよ」

覗き込んだ鍋に入っていたのは汁物。中には団子といろいろな野菜が見え隠れしている。鶏肉も見えるから、表面に浮いている細かい脂(あぶら)はそれから出たものだろう。

温まってくるにつれ、ゴボウが強く香る。ゴボウはショウタが大好きな野菜、思わず笑みが漏れた。ついでに言えば、皮の付いたままの鶏肉も大好物だった。

ほどなく汁物は温まった。馨は煮えばなに芹(せり)を散らし、色が変わったところで小さめの丼に盛り付けた。

「はい、どうぞ。温まるよー」

「あ、これはどうも……」

受け取った丼があまりにも熱くて、いかに自分の身体が冷えていたかを思い知る。

続けて差し出された箸を受け取り、まずは一口、と出汁(だし)を吸った。

「あー旨いなあ、ゴボウは……」

「よかった！」

案外嫌いな人も多いんだよね、とほっとしたように言ったあと、馨は自分の分を食べ始める。

「うーあったまる！　寒い場所で食べる温かい汁物って、もうそれだけでご馳走だよね！」

「それだけなんて……。すごく美味しいですよ」

鶏の出汁に幾種類もの根菜に葱(ねぎ)、茸(きのこ)もふんだんに使われている。醤油(しょうゆ)仕立ての汁はいかにも素朴で懐かしい味わいだった。

驚いたのは団子だ。てっきり小麦粉か餅粉(もちこ)で作られていると思ったら米、つまりまん丸のおにぎりだったのだ。

「これ、ご飯なんですね！」

「うん。炊きたてのご飯を潰して丸めたの」

「あ、何かに似てると思ったら、きりたんぽか！」

「そうそう、丸いきりたんぽみたいなもの。でもきりたんぽよりもずっと簡単、あたしでも作れるぐらいなんだよ」

竹に巻いて焼いたりしないしね、片栗粉入れて潰すだけ、すぐできるんだよーと、馨は説明した。その間にも、団子を箸で割ってはふはふと口に運ぶ。まったく忙しいことだ、と思いながら、ショウタも団子を食べてみた。

ご飯が出汁をしっかり吸って、強めに噛むとほろりと崩れる。焼き固めてないせいか、きりたんぽよりずっと汁に馴染んでいるような気がした。

「身体の底から温まるし、腹にもたまる……」

「でしょ？　これって、ご飯とおかずが一緒になってるみたいだよね」

「なんという料理ですか？」

「だまこ汁っていうんだって。秋田のお料理」

「秋田……やっぱりきりたんぽと同じなんですね。珍しい料理ですけど、だれから？　あ、親御さんが秋田出身とか？」

　この姉妹はずっと東京暮らしだと聞いた。両親が秋田出身、あるいは秋田に住んでいる親戚でもいるのだろうか、と思って訊ねてみたが、馨はあっさり否定した。

「違う違う。お父さんもお母さんも秋田とは縁がないし、親戚もいないよ。秋田出身の友だちがいて、アパートに遊びに行ったときに出してくれたの。あんまり美味しかったんで、作り方を教えてもらったんだ」

　たいていのお料理はお姉ちゃんのほうが断然美味しいんだけど、だまこ汁だけはあたしのほうが上手なんだよ、と馨は自慢そうに話した。

「馨さんの自慢料理……。俺なんかに振る舞ってくださって、光栄です」

「えへへ……鬼の居ぬ間にーって、ちょっと違うか……」

「鬼……じゃ、ないように思いますけど」

「だよね。鬼じゃないからこそ、いないと寂しいんだよね」

毎日遅くまで仕事をしているショウタが気になったのは確かだろうし、姉からの伝言もあった。けれど、本当のところは、ひとりで食事をするのが寂しかったのではないか――

ショウタは再びだまこ汁を食べ始めた馨を見ながら、そんな想像をした。そうこうしているうちに目が合う。馨が怪訝な顔で首を傾げた。

「どうしたの？」

「馨さん、もしかしてちょっと人恋しいとか？」

「あはは……ばれた。実はけっこう寂しいの。今までずっとお姉ちゃんがいたし、店もあったから誰とも話をしない日なんてなかったし」

「そうでしょうね」

「でしょ？　それが今は、お姉ちゃんはいないし、店は休みだし、うっかりすると、そういえば今日は声を出してない……なんてこともあってさ」

だから、ショウタにお茶を出しに来て、ほんの一言二言でも言葉を交わすと、それだけで嬉しいし、ほっとする。それでも、夜になるとやっぱりひとりぼっちで、ご飯だって黙々と食べることになってしまう、と馨は言うのだ。

「今日も、寒いからだまこ汁を作ってみたのはいいんだけど、いざ食べようとしたら寂しくなっちゃって。で、もしかしたらショウタさんがまだいるかも……って」

「それで来てくださったんですか」

「そうなの。さっきは『やっぱりまだやってた！』なんて言っちゃったけど、本当はいてくれてすごく嬉しかった」

角を曲がったとたんに、まだ作業が続いていることがわかった。店から漏れてくるオレンジ色の灯りを見て、あんなにほっとしたことはない、と馨は語った。

「そうですか。馨さんは案外……いや、案外じゃないのか……」

「甘えん坊、って言いたいんでしょ？」

「え、まあ、その……」

「いいの。実際、そのとおりだもん。お姉ちゃんにずっとおんぶにだっこ。でも、もうこれからはひとりなんだし、甘えん坊も卒業しなきゃ、とは思うんだけど、やっぱりこんなことしてる。だめだなあ、あたし……」

「だめじゃないでしょう。俺だってひとりで飯を食うのは苦手です。こういう仕事だから、昼は仕方ないですが、だからこそ朝や晩は誰かと食いたいですよ」

「ショウタさんは奥さんと食べられるでしょ？」

「もちろん……でも、うちのはけっこう呑兵衛で……。あ、それで思い出した！　ちょっと訊いてもいいですか？」

　そこでショウタは、以前から妻に頼まれていたことを思い出した。居酒屋の改修工事に入ると聞いた妻から、施主は酒に詳しいだろうから機会があれば訊いてみてほしいと頼まれていたのである。

　馨は美音ほどではないだろうけれど、酒を商っている人間だ。素人かつ下戸の自分よりは知識が豊富に違いない。

「なにかな……あたしにわかることだといいけど……」

「わからないならわからないでいいんですけど、ノンアルコールビールってあるじゃないですか」

「うん、あるね。近頃すごく種類も増えてきたし」

「あれって、アルコールが入っているビールとはぜんぜん違うものですよね？」

「うーん……まあ、そういうふうに言う人も多いかも」

ノンアルコールビールはいわゆるビール風味の飲料に過ぎない。酔う酔わない以前に、発泡酒や第三のビール以上に、ビールとは違う味わいだろう。

「そうですよね。やっぱり、うちのかみさんが変なんだ」

「どういう意味？」

「ノンアルコールビールの中にも、ほとんどビールと変わらない味のものがあるって言い張るんです」

以前、友だちと持ち寄りのランチ会をした。妻の仲間だから呑兵衛が多いが、あいにく何人か車で来ていて妻もそのうちのひとり。いっそお酒はなしにしようかという話も出たが、せっかく集まったのにそれでは申し訳ない。自分たちに気兼ねせず、お酒を楽しんでほしいと車組が勧めた結果、呑める人は呑むということになったのだが、その際、せめて雰囲気だけでも、ということでノンアルコールビールが出された。それがまるで本物のビールのような味わいだった、と妻は言うのだ。

「それってもしかして……」

そこで馨は、とあるノンアルコールビールの銘柄を口にした。そしてそれは、ショウタが散々妻から聞かされた銘柄だった。

「それです！　やっぱりどこか違うんですか⁉」

勢い込んで訊ねたショウタに、馨はなぜか残念そうに言った。

「うん……それって輸入ビールで、日本のノンアルコールビールとは作り方が違うらしいんだよ。これはお姉ちゃんの受け売りなんだけど……」

馨は潔くそう前置きし、ノンアルコールビールについて語り始めた。

ノンアルコールビールの造り方には四種類ある。麦汁に味をつける方法、麦芽エキスに味をつける方法、発酵時にアルコール度数を抑える方法、そしてビールを造ってからアルコールを抜く方法である。法律の関係で日本ではビールを造ってからアルコールを抜く方法を採ることはできず、かといって麦汁や麦芽エキスに味をつける方法は人工甘味料や着色料といった添加物をたくさん用いることになり、好ましくないと考える消費者が多い。そのため、日本のほとんどのメーカーは発酵時にアルコール度数を抑える方法でノンアルコールビールを造っている――

それらの情報を伝え終えたあと、馨は軽くため息をついた。

「法律だから仕方ないんだけど、どっちがビールらしい味かって言ったら、やっぱりビールを造ってからアルコールを抜く方法が一番じゃないか、ってお姉ちゃんは言うんだよね」

「なるほど……で、うちのが呑んだのはその……」

「そう。輸入ビール」

「そうですか……じゃあ、かみさんの友だちが最近見当たらないって言ってるんですが、それってたまたまですか？」

　ビールに限らず、輸入品というのは店にあったりなかったりする。一時的に品切れでも、そのうちまた買えるようになるのでは、というショウタの問いに、馨は再び残念そうに首を横に振った。

「だったらいいんだけど、実はその銘柄、普通のビールも含めて代理店が扱いをやめてしまったの。だから、今はその銘柄のビールは買えないんだ」

「そうだったんですか……。かみさんも、友だちも残念がるだろうなあ……」

「あ、でも！」

　そこで馨は、鞄の中からスマホを取り出し、なにかを調べ始めた。すぐに目当てのものを見つけ、嬉しそうに画面をショウタに示す。

「ほら、これ。これなら取扱いをやめちゃったのと同じで、ビールにしてからアルコールを抜く造り方だよ」

「ヴェ……リタス……ブロイ？」

「そう、『ヴェリタスブロイ』。大きな輸入食材店なら普通に並んでるし、アルコールも添加物もゼロ。それでいてビールの栄養分はたっぷり。あたしも呑んだことがあるけど、すっごくビールらしかった。これならきっと奥さんもお友だちも満足してくれると思う」

「へえ……これが」

「ノンアルコールだからショウタさんでも大丈夫。一度試してみて！」

「わかりました。俺は下戸なんだけど、ビールの味自体は嫌いじゃないんで、一度呑んでみます」

「奥さんがお酒好きなら、ショウタさんはこれでお相手できるし」

「ですね。教えてもらって助かりました。このだまこ汁もすごく旨かったし、重ね重ねありがとうございます」

「美味しかった？」

「もちろん。なんなら、美音さんがいない間、ずっと持ってきてくださっても……」

「じゃあ、寂しくなったら……って、ショウタさん、そんなに毎日遅くまで仕事しちゃだめだよ！」

無理は禁物、身体には気を付けてねーと馨は笑い、ふたりはまた黙ってだまこ汁を啜った。

†

「運転、代わりましょうか？」

赤信号で止まったタイミングで美音がそう声をかけると、要がぎょっとしたようにこちらを見た。

美音にしてみれば、旅に出て以来ずっとハンドルを握りっぱなしの要を気遣ってのことだったが、彼にとっては『とんでもない』以外の何ものでもなかったようだ。

まじまじと美音を見たあと、要は言った。

「免許があるのは知ってるけど、君は普段、運転してないだろう？」

美音と馨が車を持っていないことは要も知っている。むしろ、運転免許を持っていることに驚かれたくらいだ。どうやら彼は、美音は調理師とか管理栄養士の資格ぐらいしか持っていないと思っていたようだ。

きっかけは忘れてしまったけれど、どんな資格を持っているか、という話になったとき、美音も馨も運転免許を持っていると聞いた要は、真顔で訊ねたものだ。

「なんのために？」

「なんのために……って、運転するために決まってるじゃないですか」

「いや、だからどこで？」

都会、とりわけ東京は交通網が発達している。姉妹が暮らす町は、駅こそ少し離れているとはいえ、バスを使えば十分前後で着いてしまう。現に、亡くなった両親も車は持っていなかったが、不便に感じている様子はなかった。

一般的には就職、あるいは交通が不便なところに引っ越したときのため、と言われるが、美音の就職先は『ぼったくり』で、家だって徒歩圏内にある。駐車場のことを考えれば、車よりも公共交通機関や自転車を使うほうが理にかなっている。

必要もない資格をなぜ取ったのか、という要の疑問も無理はなかった。

「免許を取ったときは、使うかもと思ったんです」

確かに今の美音にとって、運転免許は無用の長物だ。

けれど、大学生だったころの美音は、結婚はおろか、自分には恋人すらできないだろうと思っていた。ドライブに行きたくなったとしても、身近に運転してくれる人なんていない。必要とあらば、自分で運転するしかない。それなら、免許は若いうちに取ったほうがいい。ただでさえ、運動神経が悪いのだから、年を取ってからでは絶対無理だ、と考えたのだ。

「まさか、電器屋さんに行く途中で、車で拾ってくれる人が現れるなんて、思ってもみませんでした。奇特な人ですよね、要さんって」

運転しない若者が増えて、自動車業界はけっこう大変だと聞いたことがある。それなのに要は車を持っているだけではなく、運転自体が好きらしい。

電器屋に行ったときのみならず、付き合うようになったあとは、美音の買い物やちょっとした用事にも気軽に車を出してくれた。ありがたいと思う反面、珍しい人だという気持ちも捨てられなかった。

それなのに、要は平然と言葉を返す。

「奇特？　それを言うなら君もだろう？　あんなにお洒落して出かける先が電器屋、しかも目的は仕事で使うオーブントースター」

『あんなにお洒落して』という言葉が、なんだかくすぐったかった。

そういえば、あの日は馨の助言に従って服装を決めた。偶然要に会えて、よそ行きを着てきてよかったと馨に感謝したけれど、美音自身がこの恰好で電器屋に行くの？　と思ったほどなのだ。

その服装を『お洒落』と捉えてもらえたことが、美音は嬉しかった。それでも、素直に嬉しがるのが照れくさくて、美音は微妙に論点をずらして言い繕う。

「だって、やっと新しいものが買えるって、すごく嬉しかったんです。オーブントースターが壊れちゃって、本当に困ってましたから。そりゃあ、オーブンやガスコンロについているグリルで代用できますけど、時間も手間もかかっちゃうし……」

みんなが大好きな『手羽先スペシャル』や『厚揚げの肉詰め』には、やっぱりオーブントースターが一番だ。なにより、今まで使っていたものが使えなくなるのは、それだけでストレスだ、と主張する美音に、要は温い笑顔で応えた。

「妙齢の女性が、そこまで仕事で頭がいっぱい……。やっぱり君も『レア』だよ。ま、いいんじゃない？　レア者同士で相性抜群、ってことで」

「でしょうか……？」

「そこで首を傾げない！」

要は苦笑し、今度は美音の運転経験について訊ねた。

「で、車だけど、いつから運転してないの？」

「えーっと……実は、免許を取ったきり……」

「やっぱり」

なぜか満足げに言ったあと、要はきっぱり宣言した。

「だったらますます、運転なんてさせられない」

「でも、ゴールドですよ！」

「あのねえ……一度も運転してないのに、ゴールドじゃなかったらおかしいよ」

「それでもゴールドはゴールド、安全運転の証じゃないですか。自動車保険だってお値打ちなんでしょう？　なんか不思議な制度ですよね」

「ペーパーゴールドの人は車を持たないし、保険もかけないから問題ないだろ」

「えーでも、ずっとペーパーゴールドだった人が、急に運転しなきゃならなくなったときに困りませんか？　お値打ちに保険をかけてすぐに事故を起こしちゃったら、保険会社が大損……」

あまりにも真剣に考え込んでしまった美音に、要は大笑いだった。

「君、保険会社に知り合いでもいるの？」

「別にいませんけど」

「だったらそこまで考える必要はないだろ」

「確かに……でも、とにかく運転の練習はしないと！　じゃないと、ずっと……」

「運転なんてしなくていいよ。そもそも、おれには君の運転で助手席に納まる度胸はない」

「ひどい……。これでも仮免も試験も一発合格だったんですよ！」

「それ、何年前の話？」

そのあとも、美音は散々異議を唱えてみたが、要がハンドルを譲ることはなかった。


車を走らせながら、要は旅行の予定を決めたときのことを思い出す。

飛行機が苦手な美音は、行き先を決めるにあたって、悲愴な顔で言った。

「だ、大丈夫です。何とかなります。鉄のかたまりだって飛ぶときは飛びます。きっと、自分が鉄のかたまりだって気付くまでは無事に飛べるんです！」

聞いたとたん、要が噴き出したのは言うまでもない。

「じゃあ無事に飛んでる飛行機は、全部、無自覚状態ってこと？」

「当然です。飛行機はなんとなーく飛んでるだけで、自分が鉄のかたまりなんて思ってないはず。きっと、鳥の仲間だとでも思ってるんです」

「初めて聞いたよ、そんな話は！」

「要さんが知らないだけです！　『俺って、ちょっとあいつらより大きすぎない？　おまけに硬すぎない？』とか……」

「ありえない！」

息もできなくなるほど笑ったあと、要は国内用のガイドブックを何冊か取り出し、美音に渡した。

「どこでも選んでいいよ。国内ならほぼ行けない場所はない。鉄道か車、船あるいはその全部。とにかく、海外じゃなければなんとでもなる。幸い時間はあるしね」

「時間……私にはたっぷりありますけど、要さんはそうでもないでしょう？」

要の仕事はとにかく忙しい。ことに最近は、『夜討ち朝駆け』なんて言葉が頭を過るほどだ。そんなに長く休んだら、あとが大変なのでは……と美音は言う。

しきりに心配する美音に、要はあっさり告げた。

「あーそれは大丈夫。今まで忙しかったのは、休む期間の仕事を前倒しで終わらせるためだったんだ。どうにもならない分は、兄貴に押しつけてきたから問題ない」

「え、お義兄さんに？　大丈夫なんですか……あっ、ご、ごめんなさいっ！」

口に出してから、失言だったと気付いたのだろう。美音は、しどろもどろで謝り始めた。

要は再び大笑いしたあと、美音の頭をよしよしと撫でる。

「ありがとう。クソ兄貴よりおれのほうが仕事ができるって認めてくれて」

「そういうわけじゃ……」

「違うの？」

「違いません……。贔屓のしすぎかもしれませんけど……」

要と怜を比べたら、間違いなく要のほうが社長に向いている。怜がどれぐらい建設業に必要な知識を持っているかはわからないが、要の人脈と人を動かす能力には目を見張らされる。それは責任者としての資格の最たるものだ。その上、危機対応能力もすごそうだ。いざというときは、とんでもない火事場の馬鹿力を発揮してくれるに違いない。それを除いたとしても、怜に、要のようなきめ細かな現場管理ができるとは思えない――

美音の根拠の説明は延々と続いた。嬉しいには嬉しいが身贔屓にも程がある。

さすがに背中が痒くなって、要は口を挟んだ。

「ありがとう。でも、兄貴だって長年この世界で生きてるんだ。ちょっとの間ぐらいなんとかやれるさ。それでもだめなら、クソ爺が御出陣だ」

「お祖父様？　現場管理をやられてたことがあるんですか？」

「クソ爺はずっとそっち畑。だから、兄貴よりずっと安心なんだ。ただ、うっかり現場復帰させて、まだいける！　とばかりに張り切り出すと周りに迷惑だからね。そんなことにならないようにおれが走り回ってたんだ」

「そうだったんですか……」

元気そのものとはいえ、松雄は八十歳を超えている。現場に入ってなにかあったら、と周りも気が気じゃない。あんな年寄りは、会長室に閉じ込めておくに限る、と要は思っていた。

「とにかく、一週間ぐらいは休める。北でも南でも、どこでもいいよ」

要の言葉を聞いた美音は、そこで心配そうに訊ねた。

「要さん、本当は海外に行きたいんじゃないですか？」

「海外なんて腐るほど行ってるよ。今更わざわざ行きたいところもない。君が行きたいなら別だけど、飛行機を騙してまで行くこともないだろう」

飛行機の中で、恐怖と緊張で固まっている美音が目に浮かんだ。新婚旅行で……いや、いつ何時でも、美音にそんな苦行は強いたくなかった。

本当にどこでもいい。君が行きたいところでありさえすれば、という言葉で、ようやく美音は安心したようにガイドブックを開いたのだ。

当初要は、鉄道とレンタカーの組み合わせにしようと考えていた。そうすればかなり遠くまで行くことができる。新幹線を使えば、北海道や九州に足を伸ばすことだって可能なのだ。

けれど、そんな要の提案を聞いた美音は、実に困った顔で言った。

「遠くに行けるのはいいんですが、それだとあまりお酒が買えませんね……」

「送ればいいんじゃない？」

「そうです……よね……今はクール便もあるし……たぶん、大丈夫……」

途切れがちに漏れてきた言葉に、美音のためらいが溢れていた。

日本酒がいかに繊細かを知っているだけに、できれば我が手で運びたいという気持ちが強いのだろう。というよりも、蔵元にまで出かけないと手に入れられないような酒である。苦労して買ったのだから、一時も手放したくないというのが本音かもしれない。

ただの商い(あきな)に留(とど)まらず、酒と真剣に向き合う姿勢は、美音の美音たる所以(ゆえん)である。それを損なうわけにはいかない。ということで、要は美音が行きたい場所を中心に、自家用車で行ける無理のない旅程を組むことにした。

「えーっと……この川にはすごくきれいな滝があって、釣りもできるそうです」

「この展望台からは町が一望できて、夜は絶好のデートスポットなんですって」

美音はガイドブックを捲(めく)りながら、一生懸命説明している。けれど、その全てが有名な地酒の蔵があるところだと要は知っている。いくらごまかそうとしても、美音の狙いは明らかだった。

「無理に他の理由をつける必要はないよ。いい蔵がある、それだけで行く価値は十分」

「すみません……」

申し訳なさそうな、それでいて嬉しそうな顔の美音。

新婚旅行の行き先がことごとく酒蔵（さかぐら）のある場所……。色気があるようなないような、いや、やっぱりないな……なんて苦笑しつつ、要はそれらを効率よく繋ぐルートを作り上げる。

有名な温泉をひとつふたつ入れたら、少し遠回りになってしまったけれど、美音はそれで文句を言うような人間ではない。というか、遠回りかどうかすら、美音にはわからないだろう。

かくして新婚旅行という名の『蔵巡り』のルートは確定、ふたりは要の愛車で旅立つことになったのである。

「本当に大丈夫ですか？」

美音がまた、声をかけてきた。

全行程が車となったせいで、要は運転しっぱなし。ペーパードライバーにもかかわらず、美音が運転の交替を申し出るのは、行く先を決めたときの事情も考慮してのことだろう。

けれど要は元々運転が好きだし、長距離を走っても苦にならない。せっかくの新婚旅行、ふたりきりのドライブなのに慣れない美音に運転させて、会話も楽しめない状況になるのは嫌だった。

「大丈夫。でも、そんなに気になるならそろそろ休憩しようか」

そして要は周りを確認しつつハンドルを切り、サービスエリアに続く車線に車を乗り入れた。


平日にもかかわらず、サービスエリアは混み合っていた。大きなサービスエリアだったことと、お昼時が重なったのが災いしたのだろう。なんとか駐車スペースを見つけ、渋滞情報表示板のところに行ってみた美音が、驚いたような声を上げた。

「要さん、真っ赤です」

確かに、ふたりがこれから向かう道の表示は全部赤いランプが灯っていた。

「この赤いのって、なにか意味があるんですか？」

「これは渋滞を示すランプ。つまりこの先ずーっと渋滞中ってことだよ。知らなかったの？」

「そうなんですか……。高速道路を車で移動することなんてなかったから……」

　美音は、わかりやすいですね、と妙に頷いている。要は、今時そんなことも知らないなんて、と驚く反面、いかにも美音らしいと思ったりもする。

　酒と料理と居酒屋経営。そこから離れてしまえば、美音はただの危なっかしい女に過ぎないのではないか。

　大人なら知っているはずのことを知らなかったり、わかっているつもりでも全然違う解釈をしていたりする。

　偶然ニュースで流れてきた『職権濫用（しょっけんらんよう）』という言葉を聞いて、これって何か困るんですか？　と真顔で訊ねられたときは、きょとんとしてしまった。

　さらに、食べすぎでお腹が痛くなるかもしれないけど、それって自己責任だし……という呟きを聞くに至って、戸惑いが大笑いに変わった。

「新手のボケかと思ったよ。『しょっけん』は『しょっけん』でも、この場合は仕事上の権限、食堂で使うチケットのことじゃない」

「え、あ、そうなんですか！　どうりで……」

そして美音はずっと勘違いしてました、とぺろりと舌を出した。

とにかく、美音は意外なところが抜けている。これがよその女なら、間違いなく『馬鹿じゃねえのか』と呆れるところだが、相手が美音なら話は別だ。

あれほど酒や料理についての知識を詰め込んでいれば、入りきらない知識だってあるよな、なんて思ってしまう。美音ではないが贔屓のしすぎ、どれだけこの女に惚れてるんだ、と赤面しそうになるが、要はそんな自分も嫌いではなかった。

現在と過去を行ったり来たり、回想に忙しい要を尻目に、美音は絶望的な声を上げる。

「所要時間が百二十分ですって！　百二十分って二時間ですよ？　それだけあったら鶏ガラスープが作れちゃいます！」

「高速道路の上で、鶏ガラなんて煮出さないでくれよ」

「さすがにやりませんよ。でも困りましたね、二時間……退屈じゃないですか？」

「おれは別に退屈じゃないけど？」

「え……？」

ふたりっきりの車の中。今までは客と店主の関係だったけれど、今ならカップル、夫婦として話せる。伝えたいことや聞きたいことは山ほどある。どれだけ話しても足りることはない気がした。

「それでも君は退屈なの？」

要は、自分の声に不安の色がまじっているとわかっていた。もし、美音がこんな時間は退屈だと思っていたらどうしよう、と……

だが美音は、にっこり笑って答えた。

「いいえ。ぜんぜん。要さんといて、退屈したことなんてありません」

今までも、そしてこれからも……

美音が表情で語る言葉に、あっさり不安が消える。

先を急ぐ旅じゃない。むしろ渋滞は、ふたりきりでいられる時間を長くしてくれる。

それならば、多少渋滞したってかまわない——

そしてふたりは、自販機で買ったコーヒーを飲み終え、じゃあ行きますか……とばかり渋滞の待つ高速道路に車を戻した。

サービスエリアで見た情報どおりの大渋滞の中、美音はガイドブックを広げる。滅多に高速道路を走ったりしない美音にとって、次のサービスエリアには何があるんだろう、と調べるのも楽しみのひとつなのだろう。

しばらくページを捲（めく）っていた美音が嬉しそうな声を上げた。

「要さん！　次のサービスエリアに展望風呂があるんですって！」

「ああ、檜（ひのき）風呂だろ？　入ったことあるよ」

「檜！　どんな感じでした？」

「疲れが取れて気持ちいいよ。ただ……」

「ただ？」

「入ったあとですごく眠くなるんだ。そこで泊まるならいいけど……」

運転を続けるとなるとちょっと危ない。もちろん、そんな眠気に襲われるのは普段から自分が疲れすぎているせいかもしれないけれど……

美音は要の話を聞いて、大きく頷いた。

「檜のお風呂ってすごくいい香りですよね。いい香りのお風呂にゆっくり入って温まったら、誰だって眠くなります」

「だよな。だからお風呂はパスかな」

「了解です」

そう言いながら、美音はガイドブックの中に書かれている、檜という字をちょっと見つめた。

「檜のカウンター、素敵ですよね。でも、やっぱりうちには分不相応。今のカウンターを大事に使うことにします」

「別に不相応じゃないだろ。それに、目標があるのはいいことだよ。おれも精一杯協力するし」

要はそう言って、美音を励ます。

そのころショウタが、まさに美音が欲しがっている檜（ひのき）の一枚板のカウンターを発注しようとしていることなど、ふたりはまったく知らなかった。

だまこ汁あれこれ

地元秋田では『芹が入らずば、だまこ汁にあらず』とまで言われるほど、芹はだまこ汁を作る上で欠かせない食材だそうです。また、ご当地ではよく洗った根も鍋に入れ、芹の香りを出汁にしっかり移すとのこと。けれど、よほどお好きな家族がいない限り、芹を常備しているご家庭は少ないでしょうし、小さなスーパーでは扱っていないことも多いですよね。

そんなときは思い切って『超お手軽だまこ汁』はいかがでしょう？　作り方は簡単、鶏肉を一口大に切って煮込み、十分に出汁が取れたら醤油と酒、みりんで味付けします。あとは斜め切りにした長葱をたっぷり入れ、『だまこ』を投入。味が染みたら出来上がりです。鶏肉と長葱ならどこのスーパーでも買えますし、寒い日のお夜食にもうってつけです。

また、ご飯に混ぜる片栗粉については、地元でも賛否両論。私にこの料理を教えてくれた秋田出身の友人が片栗粉を使っていたため、作中では片栗粉を使いましたが、調べてみると片栗粉を使ったレシピは少数。おそらくご飯だけで作るのが正統派なのでしょう。とはいえ、片栗粉は口当たりを滑らかにし、煮崩れも防いでくれるので、初めて作るときには使ってみるのも一手です。

親に寄せる信頼

ひつまぶし

名古屋モーニング

みたらし団子

あんかけパスタ

飛騨牛尽くし

フロントガラス越しに見える空は雲が垂れ込め、今にも雨が降り出しそうになっている。

雨ならまだいいが、雪になったら面倒なことになる。そのせいか、要は車のスピードを少し上げ気味のようだ。スピードメーターの数字は、どう見ても制限速度を上回っている。車の流れをスムーズにするために多少の超過は必要悪だ、なんて要は嘯（うそぶ）くけれど、既に『多少』の域を超えているような気がしてならなかった。

助手席に座った美音は、もう何度目かになった台詞（せりふ）をまた口にする。

「急がなくていいですよ。休み休み、ゆっくり行きましょうね」

ところが、あまりに何度も言ったせいか、要がにやりと笑って言い返してくる。

「とかなんとか言って、実はゆっくりペースにしてサービスエリアに寄りまくろうって作戦じゃない？」

「……それもあります」

高速道路のサービスエリアは地域の特産品の宝庫だ。スケジュールに余裕を持たせ、できる限りたくさんのサービスエリアに寄りたい、というのは、普段高速道路を利用することなどない美音にとっては当然の願いだった。

「まあ、それも旅の醍醐味だよね」

そのタイミングで次のサービスエリアを示す標識が現れる。要は忍び笑いを漏らしつつサービスエリアに車を向けた。

「うーん……」

サービスエリアの売店を一通り見終えた美音が、軽い唸り声を上げた。

要が、なにか不満でもあるのかと思って訊ねてみると、そうではないと首を横に振る。

「改めて思っただけです。とにかく日本は『お漬け物の国』なんだなあ……って」

どこのサービスエリア、いやパーキングエリアの売店であっても、漬け物が並んでいないところはない。いかに日本人が漬け物好きか思い知らされる、と美音は言うのだ。

「確かに。おれも主食がご飯のときに漬け物がないと、なんとなく寂しい気がするよ」

「お坊さんが修行されるときって、食事は原則として一汁一菜だそうですけど、その『菜』はお漬け物だって聞いたことがあります」

「修行中じゃない一汁一菜でも、おかずの他に漬け物はついてて当たり前って扱いらしいよ。それぐらい漬け物は、日本の食卓で確固たる地位を築いてるってことだ」

「全国いたるところに、その土地ならではのお漬け物があるって素敵ですよね。それに、お漬け物ってどれも日本酒にぴったりですし」

日本酒も元を辿ればお米だから当然ですね、と頷いたあと、美音は真剣な目で漬け物を選び始める。サービスエリアに止まるたびにそんなことが繰り返され、もしや美音は『ぼったくり』を漬け物屋にするつもりなのでは？　と不安になるほどだった。

さらに美音は、調味料の物色も始めた。

今回のコースは、東名高速道路から伊勢湾岸自動車道を経由して名古屋まで行ったあと、東海北陸自動車道で飛騨高山に入るというものだ。美音が名古屋に寄りたいとかなり強く主張したためだったが、それを聞いた時点で要は、おそらく愛知の酒を買いたい、あるいは名古屋グルメを堪能したいのだろうと思っていた。

名古屋には鰻のひつまぶしや味噌カツ、味噌煮込みうどんに昨今急激に注目を集めている台湾ラーメン……などなど、名物料理がたくさんあるからだ。

ところが、名古屋に着いた美音が真っ先に目指したのは大手のチェーンスーパー。ここに寄りたい、と美音が示した店名を見て、要は首を傾げた。

「え……この店？」

「だめですか？　もしかしてすごく行きづらいとか……」

自分はかなりの方向音痴だし、もちろん地図も読めない。もしかしたら、高速道路のインターチェンジからすごく離れているのか、と美音は不安そうに訊ねた。

「いや全然。むしろインターの真横って言っていいほどの場所なんだけど、この店なら東京にもたくさんあるよね？」

「もちろんあります。でも、品揃えが全然違うんですよ」

美音はひどく嬉しそうに言った。そして、要が駐車場に車を止めるのを待ちかねたように、さっさと降りていく。

スーパーは三階建て、シネマコンプレックスも併設された大規模商業施設で、女性が好みそうな衣料品や服飾雑貨の専門店も山ほど入っているというのに、美音はそれらを全部無視して食品売り場に直行した。

田楽味噌などに重宝する八丁味噌はともかく、美音はレトルトのパスタソースまで嬉しそうに物色している。パッケージには『あんかけパスタ』という文字が見えた。

　大抵のものは自分で作ってしまう美音が、レトルトのソースを買うなんて……と不思議がる要に、美音は申し訳なさそうに言った。

「このソース、ものすごく美味しいんですよ。でも、自分で作ってみようと思っても全然上手くできないんです。きっとなにか秘訣みたいなものがあるんでしょうね」

　帰ったら食べましょう、きっと要さんも気に入ると思います、と美音は言う。

　そんなに自信満々でレトルトソースをすすめられても……と思わないでもなかったが、帰る楽しみができてよかったですね、と微笑まれればそのとおりだとも思う。

　それと同時に、せっかく来たのだからレトルトではないパスタを味わいたいという気持ちがわいてきた。

「このパスタ、どうせなら本場で食べてみたいな……近くに店はないの？」

「え、でも……」

　美音が嬉しさと困惑が入り交じった表情になる。

おそらく彼女自身も店で食べたかっただろうに、要を気にして言い出せなかったに違いない。

実は渋滞にはまっている間に、食べたい名古屋グルメの話をした。その際、筆頭にあげられたのは『鰻のひつまぶし』だった。

関東と関西では鰻の料理法が異なる。関東流は頭を落として背開きにし、焼く前に蒸すことで柔らかい食感に仕上げる。一方、関西流は頭を残して腹から開いたものを蒸さずに焼き上げ、かりっとした歯ごたえを保つ。

そこまでは、ちょっと食に興味を持つ人間ならば聞いたことがあるだろうし、要も知っていた。ところが、美音はそれに加えて『名古屋流』があるというのだ。

聞いたことがない、と首を傾げた要に、美音はちょっと自慢げに説明した。

「名古屋流は関東と関西の中間、でもちょっとだけ関西寄りですね。頭を落とすのは関東流、腹開きで蒸さないところは関西流ってところです」

「へえ……面白いな。どうしてどっちかにしなかったんだろう？」

「さあ……名古屋の文化って、わりとそんな感じが多いですからね。なんていうか、よそとはちょっと違うぞ、って主張してるような気がします」

　聞いているうちに『名古屋流』の鰻が食べたい気持ちがどんどん膨らむ。関東の口の中で蕩けるような鰻も好きだが、関西の香ばしくてしっかりした鰻も捨てがたい。なにより鰻は大好物。もともと今夜は名古屋グルメを楽しむつもりで、宿に食事をつけていなかったし、その時点で夕食は鰻のひつまぶしでほぼ決まったようなものだった。

　その上、朝東京を出発したものの、ゆっくりペースと渋滞に捕まったせいで、名古屋に着いたのは午後遅い時刻だ。昼食は済ませていたし、夕食としてパスタは少々軽すぎる。

　とはいえ、今ここでパスタを食べたら、さすがに夕食に差し障る。なにより、要が食べたがっているのは鰻なのだから……と、美音は考えたのだろう。

「このパスタの持ち味は、ソースとトッピングの組み合わせなんです。スクランブルエッグやたっぷりのお野菜とウインナーを炒めたもの、ポークピカタ、エビフライやトンカツをのせたものまであります」

「エビフライ！　さすが名古屋だね。意外な組み合わせだけど、旨そうだ」

「もちろん、どれも美味しいです。少量サイズもありますけど、ついつい普通サイズを頼みたくなっちゃって、ダイエットの大敵！　それぐらい美味しくてボリューミーで、これを食べたらひつまぶしが食べられなくなっちゃいます」

ただでさえ、ひつまぶしは一杯目をそのまま、二杯目は薬味を使って、三杯目はお茶漬けで……と別々の方法で楽しみ、最後の一杯は自分が気に入った方法で食べることになっているそうだ。いくらお茶碗が小さめとはいえ、四杯のご飯は女性、少なくとも美音にとっては多い。ひつまぶしを堪能するためにも、今ここでパスタを食べるわけにはいかない、と美音は言うのだ。

「うーん……それは残念……。じゃあ、明日、少し早めの昼ご飯でパスタを食べてから名古屋を発つっていうのはどう？」

「いいんですか!?」

今度こそ美音は喜色満面、なんの憂い（うれ）もなく買い物を再開した。

パスタソースに八丁味噌、このあたりでしか売られていないメーカーの麺つゆ……。美音によると、このメーカーの麺つゆは甘みがほとんどないので、麺類はもちろん煮物を作る際にも味の加減がしやすくて重宝するそうだ。

大きなショッピングカートにどんどん入れられていく食品たちに、要は車に積みきれるだろうか、と心配になってくる。ところが美音は、そんな要の心中を見透かしたように、買った品物をサービスカウンターに運ぶと、さっさと宅配便の手配をしてしまった。

「お酒を送るのはちょっと不安ですけど、これなら大丈夫です」

美音の買い物は宅配用の箱ひとつでは収まりきらないほどの量で、これでは新婚旅行というよりも『仕入れツアー』だな……と苦笑いしてしまった。

それでも、発送伝票の控えすら嬉しそうに受け取る美音を見ていると、『ぼったくり』の古参常連のように『細けえことはいいんだよ！』と言いたくなってしまう。

とにかく、美音が楽しそうならそれでいい、なんて簡単に思ってしまうところが、我ながら『とほほ』だった。

新婚旅行なのにスーパー巡りというまさかのコースを辿ったふたりは、その後、ひつまぶしの店に行き、鰻の味を堪能した。

関西流のかりっとした歯ごたえと意外にあっさりしたタレ、一杯ごとに変わる食べ方にどうにも食欲をそそられる。鰻の稚魚が不漁で、もしかしたら近い将来食べられなくなるかもしれないという思いも相まってか、美音もけっこうな量のご飯を完食、体重計が恐い、といういつもの嘆きを発することになった。それでも、最後に残った胡瓜のぬか漬けをお茶と一緒に大事に食べる美音は幸せそのものの様子で、見ている要まで温かい気持ちになる。

それからふたりは、大満足でホテルにチェックイン、翌日の予定を組んだ。その時点では、朝ご飯はパスして早めの昼ご飯を取って出発——となっていたのだが、予定どおりには行かなかった。

とりあえず、コーヒーだけは飲もうということで、ホテル近くの喫茶店に入ってみたら、コーヒーしか頼んでいないのにおまけがいろいろついてきてしまったのだ。

「これが名古屋モーニングか……」

コーヒーに、トーストと茹で卵とミニサラダ、ヨーグルトの小鉢とさらにもうひとつ……美音が歓声を上げた。

「餡子！　これで小倉トーストができます！」

『小倉トースト』という名前は聞いたことがあるが、正直、餡パンとどこが違うのだ、と思っていた。ところが、美音に勧められてトーストにトッピングしてみたら、餡パンとは似て非なるものだった。

「なるほど、バターがすごくいい仕事してる。甘みと微かな塩気、これは癖になるな……」

「でしょう!?」

美音はことごとく名古屋グルメを絶賛する。なぜそこまで？　と訊ねたところ、母親が和歌山出身なので、昔から愛知や三重の食品に馴染みが深いのだ、という答えが返ってきた。

そういえば、めはり寿司や伊勢うどん、天むすもお気に入りだったね、なんて会話を交わしている間に、ふたりは厚切りのトーストやその他諸々をきれいに平らげてしまった。

その結果、朝ご飯抜きどころかしっかり満腹。やむなく昼ご飯まで時間がつぶせて、かつ、歩き回ってお腹を空かせられる場所——水族館に行くことになったのである。

悠然と泳ぐシャチの姿に息を呑んだり、ペンギンのよちよち歩きやイルカのショーを観賞したあと念願の『あんかけパスタ』の店に行った。

なにを食べるか散々迷った挙げ句、美音はオーソドックスな野菜とウインナーを炒めたもの、要はポークピカタを選んだ。ここでトンカツを選ばないのは味噌カツへの敬意の表れだ、という意味不明な理屈で美音を煙(けむ)に巻き、『新婚旅行名古屋堪能編』は終了した。

†

名古屋から二時間半、高山市に着いたふたりはとりあえず車を駐車場に止め、町を散策することにした。

道ばたに出ている屋台から、香ばしい匂いが流れてくる。売られているのはみたらし団子、高山の名物である。東京の和菓子屋やスーパーに並んでいるみたらし団子は醤油(しょうゆ)ダレとはいっても、かなり甘みが勝った味付けだが、高山のみたらし団子にはほとんど甘みがない。これならそうカロリーも高くないだろう。一本ぐらい食べても大丈夫かしら……でもやっぱり……と迷っていると、要がクスリと笑って財布を取り出した。

店の人から焼きたての二本を受け取った要は、すぐさま一本を美音に差し出す。

「はい、どうぞ。今からけっこう歩き回るから、エネルギーを補給しておかなきゃね」

大喜びで受け取った美音は、早速かじり付く。こんなにいい匂いのお団子を目の前に、行儀について考える余裕はなかった。

あっという間に団子を食べ終わり、ご満悦で再び歩き出した美音は、程なく道ばたに掲示板を見つけた。おそらく自治会が管理しているものだろう。いろいろなお知らせや注意書きが貼られていたが、中にはイベントのポスターもある。そのうちの一枚に目を留め、美音は深いため息を漏らした。

「なんてこと……もっとちゃんと調べてから来ればよかった……」

「あー……タイミングが悪かったね」

何ひとつ説明していないというのに、要が気の毒そうに言う。それほど、美音の落胆の理由はわかりやすいものだったのだろう。

ポスターには『酒蔵巡り』と大きく書かれている。

『酒蔵巡り』は小正月が終わるころから三月初旬まで、町にある蔵元が酒蔵を一般公開し、試飲もさせてくれるという催しらしい。

蔵の公開期間はそれぞれで、美音が今まで呑んだことがない酒の蔵元の公開は既に終わっている。滅多に来られない町の、しかも東京ではなかなか出会えない酒を試す貴重な機会だったのに、と思うと悔しさを抑えきれなくなる。

どうせなら、目当ての蔵が公開される時期に訪れたかった。いつもならもっとちゃんと調べただろうに、結婚式や改築工事のあれこれに時間を取られ、行き先やルートの選定だけで精一杯だったのだ。

「いっそ見なければよかった……。どうしてこんなところに貼ってあるの？」

ついそんな愚痴が口をつく。

ポスターによると目的の蔵の一般公開がおこなわれていたのは、なんと昨日まで。はっきり日付が記載されていなければ、ここまで悔しい思いはしなかったはずだ。そう思うと、貼られているポスターにまで八つ当たりしてしまう。

「町を挙げてのイベントみたいだから、掲示板に貼るのは仕方ないんじゃないかな」

商店街のイベントだって、町内会の掲示板にポスターを貼らせてもらうだろう？　と要は至極当然の指摘をした。さらに苦笑いを浮かべて言う。

「うちの奥さんはどれだけ酒が好きなんだろうね。まあ、酒が好きとはいっても、目的は店で出すことだから、むしろ仕事熱心だって褒めるべきところかな」

「なんだか、褒められてる気がしません」

「そう？　心から褒めてるけど？　まあいいや、それよりこっちのを見てごらんよ。終わった蔵紹介よりもずっと君の趣味に合いそうだ」

　そう言って要が指さしたのは、『酒蔵巡り』と同じぐらい、美音好みのイベントポスターだった。

「うわーっ……『節分ゆるキャラ大集合』ですって。みんなで豆まきでもしたんでしょうか？」

「だろうね。さすがにみんなして恵方向いて海苔巻きをかじるわけにもいかないだろうから」

「ゆるキャラってたいてい指がくっついちゃってるから、福豆を掴むのも大変そうですけど……」

「というか、そもそもゆるキャラで鬼退治って発想に無理がありそうだよね」

なんとか頑張って福豆を掴んで投げてはみたものの、到底鬼には届かず、逆襲にあって逃げ惑う。短い手で大きな頭を庇いつつ、四方八方に逃げていくゆるキャラたち……

そんな姿を想像し、ふたりは盛大に笑いこけた。

「鬼は退治できないかもしれないけど、面白そうだよね。ちょっと見たかったかも」

「かわいそうですよ。でも……私も見たかったです」

「ってことで、そろそろいこうか」

そして要は、『節分ゆるキャラ大集合』のポスターに見入っている美音を促し、また歩き始めた。

このままずっと一ヶ所に立っていたら、凍えてしまうとでも思ったのだろう。

「それにしても寒いね」

「ここって、東京より南なんですよね？　それなのにこんなに寒いなんて」

「南じゃないよ。どっちかっていうと西。緯度を考えたら、東京より高いぐらい。

でも、確かに内陸の冷え方を舐めてたよ」

「これぞ底冷え、って感じです。でも、この寒さが美味しいお酒を造るんですよね」

軒下に飾られている真新しい杉玉を見つけ、美音はうっとりと眺める。

杉玉は酒蔵の看板のようなもの、そして真新しい杉玉は新酒到来の合図だ。

秋が深まり新酒ができると、酒蔵は一年間飾ってきた杉玉を新しいものに掛け替える。その様子は風物詩としてニュースでも取り上げられ、美音も何度か目にしていた。

機会があれば、ぜひ我が目で見てみたいと思いながら叶わず、今に至っている。せめて真新しい杉玉を見られてよかった、と思うしかない。もしも要がこの町を、冬道の危険性を覚悟の上でルートに入れてくれなければ、杉玉の実物を見ることはできなかったのだから……

そもそも飛騨高山に行ってみたいと言ったとき、要はちょっと考え込んでいた。

「飛騨高山か……。どっちかっていうと夏向きの場所じゃない？」

どこにでも連れていくよ、とは言ったものの、飛騨高山は予想外だったのだろう。おそらく、雪や凍結の心配もしたに違いない。

要のためらった様子に、美音は慌てて撤回しようとした。

「そうですよね。きっとすごく寒いし、道だって危ないかも……。やっぱり飛騨高山はやめておきましょう」

「でも、行ってみたいんだろう？　冬の高山は行ったことがないし、飛騨の雪景色は絶対にきれいだと思う。冬道になるから、気をつけなきゃならないことは多いけど、冬用タイヤも持ってるし、なんとかなるよ」

要はそんな説明とともに、飛騨高山を旅程に入れてくれた。

美音は、かねてから行ってみたかった町を訪れることができると大喜びだった。だが、町を散策し始めたころはまだしも、歩き続けているうちに寒さが身に沁みてきた。

とはいえ、その寒さは、新婚とはいえ考えなしにじゃれ合うには少々分別がつきすぎるふたり——いや、美音にとって、身を寄せ合う格好の理由になってくれる。繋いだ手ごと要のジャケットのポケットに突っ込んで、あるいは身体をぴったり寄せ合って歩く古い町並みは、観光ガイドやポスターで見たとき以上に魅力的に思えた。

†

高山には二泊する予定になっていた。一日目が午後遅くの到着だったため、二日目の今日が観光のメインだ。

町並みや公開されている酒蔵のいくつかを巡ったあと、ふたりは少し離れたところにある民俗村に行くことにした。

昔の農山村の暮らしや伝統行事についての展示をじっくり見たり、ちょっとした工芸を体験したりしている間に閉館となり、外に出てみたらもうすっかり暗くなっていた。

民俗村の夜の風景も少しだけ観賞したあと、では宿に戻ろう、と車で走り出してしばらくしたところで、美音が声をかけてきた。

「要さん、ちょっと止めてください」

「どうしたの？」

言われるままに車を路肩に寄せ、ハザードランプをつけた要は美音に訊ねた。

ところが美音はそれには答えず、振り返ってバックガラス越しに今走ってきた道をじっと見ている。

「なにか、気になることでも？」

二度目の問いかけで、美音はやっと要のほうを見た。

「後ろから歩いてくる子がいますよね？　あの子、さっき民俗村にいませんでしたか？」

あたりは既に暗い。それでもなんとか目を凝らしてみると、確かにひとりの女の子が歩いてくる。そしてそれは美音の言うとおり、先ほど民俗村でも見かけた子のようだった。

カーキ色のモッズコートに見覚えがある。村のあちこちに分散している古民家を、要たちの前になったり後ろになったりしながら見ていたはずだ。

解説を熱心に読んでいたし、写真もたくさん撮っていた。おまけにひとりきりだったから、ちゃんとした目的があって勉強に来ていたのだろう。高校生ぐらいに見えたけれど、もしかしたら大学生なのかもしれない。

「あの子、歩いて戻るんでしょうか……」

日はとっぷりと暮れ、寒さが増してきている。こんなに暗くて寒い道をひとりで歩くなんて危なすぎる、と美音は心配する。

「バスはもう終わっているし、タクシーに乗ることなんて考えもしなかったんだろうな」

「歩けない距離じゃないかもしれませんけど……」

「歩けるかどうかと安全性は別の問題だよね」

「あの……要さん……」

「わかった、わかった」

皆まで言うな、と美音を片手で制し、要は後ろの座席に置いていた美音のコートを取る。

「ごめん、寒いけど頼める？　おれだと怪しまれそうだから」

美音はコートを受け取ると、袖を通しながら嬉しそうに言った。

「ありがとうございます！　じゃ、ちょっと声かけてきますね！」

そして美音は、さっとドアを開けて降りていった。


「ねえ、市内まで戻るの？」

コートのポケットに手を突っ込んで、俯いたまま歩いてきた女の子は、美音の声に驚いたように頭を上げた。

周りを見回し、声をかけられているのは自分だと確認したあとも疑わしげに美音を見ている。もちろん、返事はない。

――そりゃそうか。こんなところで、いきなり声をかけられたらびっくりするわよね……

美音はそう思いながらも、また声をかける。

「私たちも市内に戻るところなの。もう暗いし、すごく寒いからよかったら乗っていかない？　怪しい者じゃないって言いたいところだけど、それを証明するものは何にもないの。あなたがお金持ちのお嬢さんじゃないことを祈るわ。まるっきり誘拐犯の手口だものね。あ、もしかしたらダイエット中でウォーキングしたいとか？　そうだとしても、やっぱりもっと明るいときのほうがいいと思うわ」

美音は、息もつかずにそう言い切った。女の子は、しばらくあっけにとられたように見ていたが、やがて大きな声で笑った。

ずっと難しい顔で展示物を見ていたから、真面目そのものの印象しかなかったけれど、笑った顔はひどく無邪気、むしろあどけないと表現したくなるほどだ。

ひとしきり笑ったあと、彼女は美音の目をしっかり見て、先ほどの問いに答えた。

「お金持ちのお嬢さんじゃありません。もしそうだったらすごくいいと思うけど……。それに、ダイエットもしてません」

「じゃあ、一緒に乗っていってくれる？　こんなに暗い道をあなたみたいな女の子がひとりで歩いてるとすごく気になるの。市内におうちがあるの？　それとも旅行中？」

「旅行です。東京から来ました。今日は市内に泊まるんですけど、終バスに乗り遅れちゃったんです。タクシー代なんてないし、歩いて帰るしかなくて……」

そう言うと彼女は、もしご迷惑じゃなかったら乗せていただけると助かります、と頭を下げた。

「あーよかった。これで心配の種が減ったわ。もしもあなたが事故や事件に巻き込まれたら絶対に後悔するもの。あのとき声をかけていたら……って」

「ほんとですよね」

そして美音はその女の子と一緒に車に戻り、後部座席のドアを開けてやった。さっと乗り込んだ彼女は、礼儀正しく要に声をかける。

「ご面倒をおかけして申し訳ありません。お世話になります」

「どうぞ、どうぞ」

女の子は振り向いて会釈(えしゃく)した要を見て、ああ……という顔になった。

そこでやっと民俗村を同じようなルートで回っていたふたり連れだと気付いたのだろう。

美音はシートベルトを締めながら言う。

「やっぱり、バスに乗り遅れちゃったんですって」

「戻ってみてよかったね。散歩するには、ちょっと寒すぎるし。なにより、君自身、あのままじゃ気になって仕方がなかっただろう？」

こくんと頷く美音に、要は優しく微笑んでくれた。後ろの席の女の子がふふふっと笑って訊ねてくる。

「もしかして、新婚旅行ですか？」

「どうしてそう思うの？」

「なんとなく……」

「なんとなくにじみ出るバカップルぶり？」

要の突っ込みに、女の子はころころ笑う。たぶん、図星だったのだろう。

即座に赤面した美音を放置して、要はさらに女の子に訊ねる。

「市内に泊まるんだろうけど、どこまで送ればいいのかな？」

どうせならそこまで乗せていくよ、と持ちかけられ、彼女はとあるビジネスホテルの名前を告げた。どうやら駅前にあるらしい。

「うーんちょっとわからないけど、行けばわかるだろ」

「遠回りになったりしませんか」

「たかがしれてるよ。大丈夫」

「ありがとうございます。本当に助かります」

「いやいや。でも高校生でひとり旅ってすごいね」

「あ、これでも一応大学生です」

「ごめん！　失礼なことを言っちゃったね」

「気にしないでください。実は、よく間違われるんです。友だちにもしょっちゅう、『チズは見た目が幼いから……』って言われてます」

チズというのが彼女の名前らしかった。

確かに大学生にしては幼く見える。でもそれにしても女の子のひとり旅、しかもこんな冬の最中というのが珍しいことに変わりはなかった。

冗談めかして要が訊く。

「もしかして、センチメンタル・ジャーニー?」

「要さん、そんなこと! っていうか、センチメンタル・ジャーニーなんて言葉、もう誰も使いませんよ」

『センチメンタル・ジャーニー』は一九八〇年代の流行歌のタイトルで、美音ですら両親が口ずさんでいたのを聞いて知っていたぐらいだ。若いチズが知っているわけがない。そもそも、初対面の女の子相手に持ち出す質問ではない。

ところが、そんな美音の指摘に、チズは意外な返事をした。

「『センチメンタル・ジャーニー』って小説のタイトルですよね。でも日本ではよく『失恋旅行』みたいなニュアンスで使われるんでしたっけ。『失恋旅行』だったらまだいいんですけど……」

美音は思わず首を傾げてしまった。小説なんてあったっけ……と思ったわけではない。

チズの年頃の女の子にとって失恋は一大事件、というよりも最悪の事態ではないのか。『センチメンタル・ジャーニー』のほうがまだいい、なんて、いったいどんな不幸に見舞われたのだろう……そう考えてしまったのだ。

戸惑ったような顔をする美音を見て、チズはふっと笑って言う。

「私、そういうのに本当に縁がなくて……。彼氏ができるどころか、誰かを好きになったこと自体、あんまりないような気がします。要するに、ない恋は失わないってことです」

要が妙に感心したように頷いた。

「なるほど、道理だ。じゃあ、いったいどうしてひとり旅？　聞いちゃいけない理由かな？」

ずばっと訊ねる要に、美音はひやひやさせられっぱなしだ。そういえば、彼が店に来るようになってすぐのころも、単刀直入な物言いに驚かされた。今ではすっかり慣れてしまったけれど、自分以外の人との会話を聞くと、さすがにそれはどうなの……と額に手を当てたくなってしまう。

美音はさりげなくサンバイザーを下ろし、そこに付いているミラー越しにチズの様子を窺う。

気分を害しているのではないか。そこまでいかないまでも、この人たちうざい……とぐらいは思われても仕方なかった。けれど、チズは案外平気な顔で言葉を返した。

「家庭の事情です」

「家庭の事情……たとえば？」

「それって通りすがりの人間が聞いていい話じゃないでしょう！　チズさんも！」

思わず、ふたりを同時に責めるような口調になった。

訊くほうも訊くほうなら、答えるほうも答えるほうである。

いくら車に乗せてもらったとはいえ、見ず知らずの相手に家庭の事情を語るなんて、警戒心がなさすぎる。しっかりしているように見えたけれど、案外迂闊なのかもしれない。

だがそのとき、美音の耳に、困り果てたような声が聞こえてきた。

「見ず知らず……だから話せることかもしれません。なんかもう、自分でもどうしていいのかわからなくて……」

周りの人間に相談できる内容ではない、第一、相談したところで簡単に解決策が浮かぶような問題ではないのだ、とチズはしょんぼりと語った。

「でも、私もいっぱいいっぱいになっちゃってて……。車に乗せていただいて、その上こんなことをお願いするのは申し訳ないんですけど、聞くだけでも聞いていただければ……」

――ああ、これは『ぼったくり』と同じだ。ここは店じゃないし、この子が座っているのもカウンターじゃない。でも、悩みや愚痴を吐き出したい気持ちは、うちのお客さんたちと同じ……

そこに至って、美音は開き直った。

本人が聞いてほしいというのだから、聞いてあげればいい。愚痴を吐き出して空いた隙間に、美味しいお料理を詰め込んであげることはできないけれど、聞くだけならできる。

「わかったわ。私たちでいいなら、なんでも聞くわ。でも……」

そう言いつつ、運転席の要を窺うと、彼は進行方向から目を離さないままに答えた。

「もうすぐホテルに着いてしまう。場所をなんとかしたほうがいい」

「いっそ私たちの宿まで来てもらいましょうか？」

「ああ、それがいいね。宿に連絡して、ひとり分夕食を増やせないか訊いてみて」

「了解です。そのほうが落ち着いて話せますものね」

　すると、チズが慌てふためいた声を出した。

「か、要さん！　あ、そうお呼びしても構いませんか？」

　本人じゃなくて美音に訊ねるあたり、なかなか気遣いに富んでいる。

他の女性に、自分の夫を名前で呼ばれたくないと思う人もいるだろう。でも、
美音は気にしないし、わざわざ苗字を教えるのはなにかと面倒に思える。

　全然気にしません、と答え、とりあえず先を促した。

「じゃ、お言葉に甘えて。で、要さん！」

「なに？」

「私、タクシー代がなくて歩いて戻ろうとしたぐらいなんです。旅館のご飯代な

んて払えません！　それに、こんな時間に頼んでも……」

「お金のことは気にしないで。できるかどうかも、訊いてみないとわからない。訊く前にあきらめるのは愚の骨頂」

そして要は、さっさと電話をかけるように美音に言った。

実は、美音にはわかっていた。彼がこんなことを言うのは勝算があるからだ。ふたりが泊まっているのは、佐島一族が長年にわたって利用してきた旅館だそうだ。しかも、要によると利用しているのはいつも最上級の部屋らしい。常連中の常連と言うべき客の頼みなら、ひとり分の食事ぐらいなんとかしてくれるはずだ、と要は考えているに違いない。

案の定、電話に出た支配人は快諾、チズの食事は問題なく追加された。

「大丈夫ですって。これで、ゆっくりご飯を食べながら話ができるわね」

「あの……なんか、本当にごめんなさい！」

「気にしない、気にしない。ってことで、行き先はおれたちの宿に変更」

かくして三人を乗せた車は、美音たちが泊まっている大きな旅館に向かうことになった。

座卓の上に次々と並べられる料理を見て、チズが歓声を上げた。

「うわー、豪華！」

本日の料理はこの宿の自慢のコースで、飛騨牛や川魚がふんだんに使われているという。

岐阜県は海なし県。いくら流通が発達したとはいっても山の中で海産物を食べる必要はない。せっかくなら名物の飛騨牛を堪能しよう、ということで要が選んだものだ。

飲み物が届き、先付けの和え物、お凌ぎの小さな押し寿司と続いたあと、向付けとして出された皿を見て、美音はため息をついた。

「まるでトロみたい……すごく綺麗な霜降り……」

普通なら刺身の盛り合わせが出てくるところだが、皿にのっているのは牛肉のたたきだった。

要が空になっていた美音のグラスに酒を注ぐ。

「いつもは注いでもらうばかりだから、たまに逆になるのも新鮮だね」

彼が手にしているのは日本酒の四合瓶、銘柄は『純米原酒　鬼ころし怒髪衝天辛口』、地元高山市の老田酒造店が醸す酒である。

炒った米のような微かな香りのあと、ふくよかな甘みが舌に伝わり、その甘みが最後には強烈な辛さとなる。まさに怒髪天をつくという名前に相応しい、肉料理に合わせても競り負けない力強い酒であった。

美音は冷やで注がれた酒を口の中でゆっくり温め、こくりと呑み込む。

「すごい……口の中で味がどんどん変わっていきます」

「きっとこの酒の蔵元は、呑んだ人にそう言ってほしいんじゃないかと思うよ。さすがプロだね」

それを聞いたチズが、驚いたように訊ねてくる。

「プロ？　お酒を造っていらっしゃるんですか？」

「まさか。プロっていっても私は売るほう。居酒屋をやっているの」

「え……じゃあご夫婦で？」

「いや、おれはただのサラリーマン。一国一城の主はこの人だけ」

美音は思わず酒を噴きそうになった。ただのサラリーマンが聞いて呆れる。佐島建設社長の弟は、居酒屋の女将よりもずっと『城主』に近いはずだ。それにただのサラリーマンが、年に何度も海外へ、しかも長期で出張したりしないし、ストライキで社長を脅したりしないと思う。

とはいえ、それを説明する必要もないし、そもそも要はこういう場所で出自を話すことを嫌がるだろう。だから美音はその話題をスルーして、チズの話を聞くことにした。

「ところでチズさん、『家庭の事情』っていうのは？」

「『家庭の事情』っていうか……実は私、学校をやめようかと思ってるんです」

「学校って、大学を？」

「ええ」

『家庭の事情』というからには、『自分探し』の類ではないだろう。

案の定、チズの話は実に生々しいもの、要するにお金がないというものだった。

「お金って……学費のことかしら？」

「学費だけじゃなくて、生活費そのものもあんまり……」

チズは昨年の春に大学に入ったばかりだそうだ。

受験勉強を乗り越えて、なんとか希望の大学、希望の学部に合格した。家から通える範囲だったことも含めて希望どおりになってとても嬉しかったし、家族も大喜びしてくれた。ところが、さあこれから頑張るぞ、と思った矢先、父親がリストラにあった。

勤めていた会社が大がかりな業務改革、人員削減策をとった結果、解雇されてしまったという。

それまで専業主婦だった母はパートに出るようになったし、父親もなんとかアルバイト先を見つけた。だが、ふたりの稼ぎを合わせても、以前の所得には遠く及ばない。切りつめられるところを全て切りつめても、家計は赤字ばかりで、先行きが見えない状況が続いているらしい。

チズには高校二年生の弟もいて、来年は大学受験の予定だった。弟は、自分は高卒で就職してもいいと言うが、彼は勉強も好きだし、何よりも将来教師になりたいという夢を持っている。

自分も今やっている勉強は好きだ。けれど、それを使って将来何をしたいということではない。

それならば、自分が大学をやめてそのお金で弟を大学に行かせてやりたい。自分が働きに出れば、その分も家計は楽になるだろう。そうチズは考えたそうだ。

「最近は難しい子どもが増えてるって聞きました。今時、教師になりたいなんて言う子は珍しいと思います。だからこそ、弟には頑張ってもらいたいんです。弟は子ども好きだし、きっとすごく良い先生になると思う。大学を出たあと、どっちを向いたらいいかもわからない私よりも、はっきりと目標を持っている弟を学校に行かせたほうがいいに決まってます」

「他に方法はないの？　奨学金とかじゃだめなのかしら……」

「それも調べてみたんですけど、奨学金ってよっぽど優秀じゃない限りただの借金。返さなきゃならないものなんです。私はそこまでして大学を続けたいとは思いません。そりゃあ、自分の学費なんだから自分でって考え方もあるでしょうけど、返せなくなって困ってる人がたくさんいるとも聞きました。弟にしても、社会に出る前から借金なんてしたくないと思います」

そこでチズはグラスのウーロン茶をごくごく飲み、渇いた喉を潤したあと、さらに続けた。

「帰ったら仕事を探します。でもその前に、この民俗村が見たかったんです。そのためにバイトしてお金も貯めてたし……」

本当はこのお金も家に入れるべきかもしれない。でも、これが最後だから、と自分を甘やかすことにしたのだ、とチズは後ろめたそうな顔で言った。

なにか言葉をかけてやりたい。慰めでも、励ましでもいい。大人として、彼女の気分を少しでも軽くしてやりたかった。それなのに適当な言葉が見つからない。

要は言うまでもなく、美音にしても、金銭面を理由に学問の道を閉ざされたことなどない。そんな自分がチズにどんなアドバイスができるだろう。なにを言っでも、薄っぺらな響きにしかなりそうになかった。

やむなく美音は、そっと箸を取った。

「えっと……とりあえず、冷めないうちにいただきましょうか」

「うん。冷めると美味しくないしね」

要も美音に同調し、料理に箸を伸ばす。

目の前には、鉄板で焼き上げられた飛騨牛。

部屋一杯に牛肉の焼ける匂いが広がり、焦げた朴葉(ほおば)味噌の香りが重なる。牛肉を一切れ取り、朴葉味噌を絡めて口に入れると、霜降りの肉は口の中で溶け、肉の脂(あぶら)を味噌がさっぱりさせてくれる。あとに残るのは、朴葉味噌に練り込まれた蕗(ふき)の薹(とう)のほろ苦さだった。そのほろ苦さを辛口の酒が洗い流していく……

しばらく飛騨牛と酒を堪能したあと、何気ない口調で要が訊ねた。

「学校をやめたいって話、もうご両親にはしたの？」

「はい……」

「それで、ご両親はなんて？」

「とんでもない、って言われました。そんなことをしなくても、お父さんとお母さんがなんとかするから、って……」

「それでも、気持ちは変わらなかった？」

「正直に言えば、私、お父さんたちの言葉が信じられなかったんです。なんとかできるなら、もうとっくにできてるはずです。ふたりとも、頑張りすぎるぐらい頑張ってくれてるんです。お母さんは、昼はスーパーのパート、夜はコンビニでバイトしてます。お父さんだって、今まで事務仕事しかしたことないのに警備員をやってます。しかも、時給がいいからって夜中まで……。とにかく一日中働きっぱなし、あんなことしてたらふたりとも身体を壊してしまいます」

　そこまでしても、家計はちっとも楽にならない。今ですらこの状態なのに、弟が大学に入ったら、もっとお金がかかるようになる。たとえ国公立の大学に入れたとしても、高校までとはかかるお金が違う。だったら、自分がやめればいい。その分で弟が大学に行ける、とチズは言うのだ。

「どこか間違ってますか、私？」

両手を膝の上で握りしめ、チズは真っ正面から要と美音を見つめた。

さらに、間違ってないですよね？　と畳みかけるように言う。

自分はまだ将来の道を見つけていない。それならば、すでに教師という目標を持っている弟を優先すべきだ――確かに、その考えは間違っていないように思える。

でも……と、そこで美音は首を傾げた。

チズ、そして弟の立場から考えればそうかもしれない。けれど、チズの両親の目にはどう映るだろう。

将来の道を見つけていない、とチズは言うが、そのために大学に入ったのではないか。様々なことを学び、なんとかそれを生かした仕事に就けないか。それを探るのが大学に行く目的のひとつだろう。しかもまだチズは入学したばかり、道を見つけていなくて当然だ。

知り合ったばかりではあるが、チズはひどく真面目な性格のように見える。おそらく受験勉強にも一生懸命励んだのだろう。そして希望の大学に入ったあとも、アルバイトの目的は民俗村を見に行くための旅費……

そんなチズを間近で見ていれば、どんな無理をしてでも学業を続けさせてやりたいと考えるだろう。それが親というものだ、と美音は思うのだ。

だからこそ、昼夜を問わずきつい仕事を続けているに違いない。

そこまで考えたとき、隣から要の呟くような声が聞こえた。

「同じじゃないのかなあ……」

チズが小首を傾げて、要を見た。美音も反射的に訊ねてしまう。

「同じって、なにがですか？」

「チズさんが弟さんを大学に行かせてやりたいと思う気持ちと、ご両親がチズさんに大学を続けてほしい気持ち」

「やっぱりそうですよね」

やはり要も、チズの両親の気持ちを考えてくれていたのか、と美音はちょっと嬉しくなった。そして、チズに話しかける。

「弟さんは先生になるっていう目標を持っているのに自分は違うって言うけど、チズさんだってちゃんと目的を持って大学に入ったんでしょ？　それとも、どこでもいいから入れるところに入ってしまえ、って気持ちだったの？」

「いいえ……私は本当に歴史、特に日本史が好きで、どこの大学にそれを研究している先生がいるのかまで調べて受験しました。大学に入ってからは、昔の人が集まってどんな暮らしをしていたかに興味が出てきて、それなら民俗学を勉強しよう、民俗村にも行ってみようって……」

「立派なものじゃないか」

小さな声で、おれとは大違いだ、と自嘲たっぷりに付け加え、要は話を続けた。

「この大学で学びたいと思って、頑張って合格した。入ってからも、入ってしまえばこっちのもの、なんて気を抜いて遊び始める学生が多いのに、ちゃんと考えて民俗学っていう分野を選んだ。アルバイトだってそのため。そんな姿を見たら、親はなんとかして続けさせてやろうって思うし、頑張れとしか言いようがないよ」

「だけど、実際にお金がないんです！　ない袖は振れないじゃないですか！」

それは、出会って以降、チズが出した声で一番大きなものだった。

「理不尽ですよね。お金がある人の中には、勉強なんてしたくないのに嫌々学校に行ってる人がいる。それなのに、本当に勉強したい人間がお金がなくて学校に行けない。そんなのひどすぎます。でも……それが世の中なんですよね。だったらもう仕方がないじゃないですか……」

疲れ果てた両親を見るのは辛い。あんなに無理をさせてまで、大学を続けたいとは思わない、とチズは主張した。

「そう……。じゃあ仕方がないね、チズさんがそうしたいならやめればいいよ」

「要さん！」

その切り捨てるような言葉に美音は驚いた。

美音が驚いたのだから、チズはもっと驚いたのだろう。きょとんとした顔で要を見ている。

そんなチズを見据えて要は言った。

「君が本当にそう思うなら、やめればいい。娘がやりたがっている勉強をなんとしてでも続けさせてやりたいっていうご両親の気持ちよりも、自分を犠牲にしてでも弟さんを学校に行かせてやりたいっていう君の気持ちが勝るなら、そうするしかない。それは君の自由だよ。でも、さっきも言ったけど、ご両親にしてみれば、どっちにしたって同じことなんだ。ふたりいる子どものうちの片方は親の都合で学校に行けなくなった、それが事実なんだよ」

チズであろうと弟であろうと同じこと——確かにそのとおりだった。

どれだけ片方の子どもが優秀で将来有望でも、もうひとりが道を見失ってしまったら、平然としていられるはずがない。

要がこんなことを言うのは、おそらく自分の身と置き換えて考えてみたからだろう。

どれほど兄の怜が優秀で、立派な跡継ぎ候補だったとしても、家出して人生の迷子になっている要のことを思ったら、八重夫婦は気が休まらなかったに違いない。いや、八重たちだけではなく、祖父母である松雄と紀子も……

そこで要はグラスを手に取り、酒で喉を潤した。そして、また話し始める。

「断言していい。ご両親は絶対、ふたりとも大学にやりたいと思ってるはずだ。それに、こう言ってはなんだけど、君が大学をやめたところで、弟さんが大学に入れるかどうかなんてわからない。受験は水物、どれだけ勉強しても落ちるときは落ちる。だったら、もう大学に通ってるチズさんを優先すべき、っておれなら考えるけどね」

「そうね……それに弟さんが大学に進学するのは一年以上先のことでしょ？　そのころにはもう少し状況もよくなってるかもしれないし」

「でも、あんな働き方してたら……」

「それでも大丈夫だ、なんとかなるってご両親はおっしゃってるんだよね？」

「はい……。父は私の顔を見ると、今日はなにを勉強してきたんだ？　って聞くんです。それで、その日勉強してきたことを説明すると、『そうか、今日も難しいことを習ってきたんだな』って、すごく嬉しそうに言ってくれます。母も、『チズは高校のときよりもずっと勉強が好きになったみたいだね、大学に行ってよかったね。勉強が続けられるように、母さんたちも頑張らないとね』って……」

そしてまた、チズの両親は夜の仕事に出ていくそうだ。疲れているはずなのに、その笑顔はいつもとても明るいのだ、とチズはやるせなさそうに説明した。

「ご両親は、チズさんが好きな勉強をしていることが励みなんだよ」

「励み？」

「そう。子どものためなら頑張れる、って思ってらっしゃるんだ。周りからは無理をしているように見えたとしても、本人たちが大丈夫っていうなら案外大丈夫なんじゃないかな……」

「じゃあ、私はこのままでいいんでしょうか……」

「いいんだよ。君は一生懸命好きな勉強をやればいい。ここで君が大学をやめたら、それはかえってご両親にとっての負い目になりかねない。子どもなんだから親を信じて甘えればいい。そのうち嫌でも甘えられなくなるときが来るんだから、それまではね」

それでもチズは納得がいかない表情をしている。要の説得が続いた。

「たぶん、親には親なりの覚悟があるんだと思う。昨今はそんな覚悟なんて全然ない親もいるけど、少なくともチズさんのご両親はそうじゃない。なにがなんでも、って覚悟がある。自分の娘や息子が選んだ道を進ませるために、できることはなんでもやるっていう覚悟がね」

そして要は、おもむろに美音を見て言った。

「かっこいいよね。いつか俺たちが親になるときがきたら、できればそんな親になりたいものだ」

美音は大きく頷いた。

「本当に素敵なご両親……」

「まあ、その素敵なご両親に変な負い目を与えないように、チズさんも弟さんも頑張らないとね」

その後、チズは少し……いやかなり長い間、黙り込んで考えていた。

おそらくチズは戸惑っているのだろう。

自分が大学をやめることが、両親の負い目になるなんて考えもしなかったに違いない。自分の学費がいらなくなれば、家計は助かるはずだとしか……

娘を思う両親の気持ちまで考えたことはなかったのだろう。

「それにね、チズさん」

美音は、黙り込むチズに声をかける。

「これが最後だから、って出かけてきた場所がここなんでしょ？」

「え？」

「アルバイト代をご両親に渡したほうがいいと思いながら、どうしても来たかった場所がこの民俗村、チズさんが今勉強している民俗学に関わる場所だったのよね？」

女子大生なら、リゾートホテルとか遊園地とか他にも行きたくなるような場所はあるだろうに、切り詰めて、安いビジネスホテルに泊まって、それでも来てみたかった場所。最終バスに乗り遅れるほど熱心に見ずにいられなかった場所。

それがこの場所だというのだから、チズは本当に民俗学が好きなのだ。

「確かにそのとおりです。私、遊びに行こうなんて思いもしなかった。この村で、ずーっと昔の人たちがどんな道具を使って、どんな物を作って、どんなふうに暮らしていたのかが知りたくてたまらなかったんです。きっとこれからも民俗学への興味は尽きないと思います」

そしてチズは、やっと心を決めたように言った。

「両親を信じます。そういえば、うちのお父さんやお母さんが大丈夫だって言って、大丈夫じゃなかったことはないんです。だからもう信じ切ることにします」

「うん、それでいいと思うよ」

そう言うと要は安心したように、置きっぱなしにしていた箸を取り、続きの料理を食べ始めた。

勢いよく次々と平らげる要を見ていたら、美音も俄然お腹が空いてきて、自分の分を口に運ぶ。

つられてチズも、こんないいお肉、次にいつ食べられるだろう、なんて言いながらせっせと箸を動かし始めた。

食事が進み、三人が満腹に近づくにつれ、話題も気兼ねのないものに移っていく。豪華飛騨牛会席は和やかな雰囲気の中、全ての皿が空になった。

チズが泊まるビジネスホテルと要たちの宿は歩いて十分ぐらいの距離だった。食事を始めるにあたって、要はチズを送らなければならないから……と酒を断ろうとした。もちろん、チズは遠慮したが、この町の夜は早い。暗くなった道をひとりで歩かせるわけにはいかない、と要は譲らない。

結局、費用はこちらもちでタクシーを呼ぶことにして、めでたく要は酒にありついたというわけだった。

ところが、いざ食事を終えてタクシーを……となったら、チズはやっぱり固辞し始めた。あまりにも豪勢な食事だったため、この上タクシー代まで払わせるわけにはいかないと考えたのだろう。

「大丈夫です。まだそこまで遅い時間じゃないし……」

「遅い時間かどうかなんて関係ない。おれたちが安心できないんだ」

　ここからホテルまでの間になにかあったら、何のために民俗村からの帰り道で声をかけたのかわからなくなる。歩いて十分なら、タクシーに乗ったところで料金なんてたかがしれている、と要も譲らない。

　やむなく美音は、かけてあった三人分のコートをひとりひとりに渡しながら言った。

「じゃあ、チズさんのホテルまで歩いて送っていくことにしましょう」

　もちろん、チズはそれすらも申し訳ないと断ってきたが、そこで美音は伝家の宝刀を抜いた。

「今、食べたお料理、けっこうなカロリーよ？　散歩でもして消費しないと大変なことになっちゃうわ」

　そして美音は、同じ女性だもの、わかってくれるわよね？　と半ば甘えるような目でチズを見た。

　ここに至ってチズは噴き出し、とうとう美音の提案を受け入れた。

「わかりました。じゃあ、お言葉に甘えます」

そして三人はしっかりコートを着込み、夜の散歩に出かけた。

歩いている最中も話は弾み、チズが「本当にいろいろありがとうございました」とホテルに入っていったときは、一抹の寂しさを覚えたほどだ。

別れ際、美音とチズはお互いの連絡先を交換した。「また、連絡します」というチズの言葉が、社交辞令じゃないといいな……と思いつつ、美音は踵を返した。

「とんだ拾いものだったな」

要は、せっかく良い旅館で、良い酒と良い料理を張り込んだのに、進路相談会みたいになってしまった、と文句めかして言う。

けれど、その実、彼は全然不快そうではない。むしろチズの相談に乗れたことに満足しきっているように見えた。

要はちょうどチズぐらいの年齢のころ、道を外れかけて散々親に心配をかけたと言っていた。

もしもあのとき、八重や松雄、怜といった家族が要を信じて見守ってくれなければ、今の自分はなかった。当時はわからなかった家族の気持ちも、大人になった今ならわかる——

おそらく要は、そんなふうに考えているのだろう。だからこそ、チズが無理やり自分の道を変えようとしていることが耐えられず、もっと親を信じろ、と強調したに違いない。

親にしてみれば、子どもが自分を信じて甘えてくれないのは寂しいはずだ。だが一方で、子ども自身が、そんな親の気持ちを理解するのは難しい。

だからこそ、他人の助言が役に立つ。もしかしたら要も、過去のどこかで誰かにそんな助言をもらったのかもしれない。

自分が助言をする側に立てたこと、さらに、チズが要の言葉で大学を続ける決心をしてくれたことが嬉しくてならない。要の表情にはそんな喜びが見え隠れしている。美音はそう思えてならなかった。

「うまくいくといいですね……いろいろ」

「そうだな。お父さんがちゃんとした仕事に就ければ問題ないんだろうけど……」

要の言葉を聞いた美音は、クスリと笑った。

たぶん、それは心配ない。

要は食事を続ける間に、チズの苗字やどのあたりに住んでいるか、さらには、父親が以前どんな仕事をしていたかなどをさりげなく聞き出していた。

要の話の進め方はなかなか巧妙で、チズは自分でも気付かないうちに、両親に関する個人情報を盛大に開示していた。

美音は最初こそ、これはちょっと立ち入りすぎでは……と心配になったものの、途中で要の意図に気付き胸を撫で下ろした。

もしかしたら、近々チズの父親は新しい仕事に就けるかもしれない。彼の経験を生かせるような、おそらくは、佐島建設の関連会社のどこかに……

──私の夫は、他人の悩みにここまで親身になれる人だった。

美音はそれが嬉しくて、冬の夜の冷たい空気も気にならないぐらいだった。

ところが、当の要はしきりに寒さを嘆く。

「あー寒い、寒すぎる！　早く戻って温泉につかろう!!」

「なんならそのあと、お酒も呑み直しますか？」

ふたりで四合瓶を一本空けた。でも、もともと要も美音も酒には強いし、チズの相談に乗りながらでは呑んだ気がしない。

ゆっくり温泉に浸かったあと、今度はじっくり味わいながら……というのはいい考えのように思えた。ところが、要はちょっと考え込んでいる。

「うーん……呑みたいのは呑みたいけど、宿に頼むには気の毒な時間だし……」

そういえばそうだった、と美音は自分の迂闊さを反省する。

言うまでもなく美音は酒を商っている。つまり、常に手元に複数、それもかなりたくさんの種類の酒があり、呑みたいと思えばそこから自由に出してくることができた。だが、今は旅先、酒が呑みたいと思ったら、宿に頼むか、自分で調達してくるしかないのだ。

それでもやはり要も、少し呑み足したい気分だったらしく、スマホを取り出して検索を始めた。

「近くにコンビニでもあれば、ちょっと寄っていけるんだけどな。近頃は、コンビニのカップ酒も侮れないって君も言ってたし」

「あ、そうか……それならコンビニに寄らなくても大丈夫です！」

そこで美音は、昼間立ち寄った酒蔵で買った酒のことを思い出した。

お目当ての蔵の公開は終わっていたけれど、高山には時期を限らず公開している蔵もある。美音は町を散策する間にそのいくつかを訪ね、気に入った酒を購入していた。

「買ってあるお酒を呑めばいいですよ」

「でも、封を切った酒を持ち帰るのは面倒だろ？」

四合瓶といえども、今から呑み干すのはちょっと辛い、と要は思案顔だ。だが美音は、そんな要を安心させるように言った。

「だから、大丈夫ですって。平瀬酒造さんで買ったのがあるじゃないですか」

「平瀬酒造……あ、あのきれいなカップ酒か！」

要は膝を打たんばかりになっている。もしも歩いていなければ、実際にぽーんと叩いていたかもしれない。

件のカップ酒は高山市で三百九十年以上にわたって酒を造り続けてきた平瀬酒造で、美音が購入したもので、詰められているのは『久寿玉　手造り純米』という酒である。

『久寿玉』は平瀬酒造の主要銘柄で『手造り純米』は美音も呑んだことがあった。そのため、今回はアベリアという花の酵母を使っているという『久寿玉　純米吟醸』を試飲した。そして、吟醸酒らしいフルーティさと甘い花の香りにすっかり魅了され、何本かまとめて発送手配をしたのである。

本来なら持ち帰りたいところだったが、吟醸酒は繊細な酒で、何日も続く旅の友には向かない。酒の変質を気にして旅を楽しめないぐらいなら送ってしまったほうがいい。少なくとも蔵元からの発送であれば、酒にとって最良の方法を選んでくれるはずだ、という要の説得で発送することにしたのだ。

そして、手配を済ませ、やれやれ、と蔵を出ようとしたときに目に付いたのが、カップ入りの『久寿玉　手造り純米』だった。

透明なガラスに『さるぼぼ』が描かれている。『さるぼぼ』は猿の赤ちゃんを意味するらしく、飛騨高山地方では古くからこの人形が作られてきたという。真っ赤で愛らしいデザインから、今では人形に限らず、この地方のお土産のシンボルマークのように使われていた。

純米酒は吟醸酒ほど扱いが難しくないし、『さるぼぼ』が描かれたカップ酒はお土産にうってつけ。

特に全国各地のカップ酒を集めている馨の彼氏、哲は大喜びしてくれるだろう、ということで、美音はそのカップ酒をいくつも買い込み、車のトランクに入れたのである。

「あの『さるぼぼ』のカップ酒を呑みましょう。米と米麹だけで仕込まれてて、冷やで飲むと軽い酸味とじんわりと湧いてくるような旨みがなんとも言えないお酒なんです」

美音の説明に、要は俄然興味が湧いたようだ。だが、やはり土産用に買ったことを知っているだけに、困ったような顔をする。

「でも、あれってお土産だろ？」

「また明日、買い足せばいいじゃないですか」

「それもそうだね」

「お部屋にポットがありましたし、もしかしたらお燗(かん)もできるかも……」

冷やと燗を呑み比べてはどうか、という美音の提案に、きっと要は飛びつくだろうと思った。

だが、要の答えは意外なものだった。

「呑み比べはまたにして、一本をふたりでわけっこにしよう」

「それはかまいませんけど……どうして？」

「おれたちは目下(もっか)新婚旅行中だよね？」

「確かに」

「だとしたら、酔っ払うよりも他にすることがあるんじゃないかな？」

そう言うと要は、妙になまめかしい目をして笑った。

串に刺さった団子の数

みたらし団子には、五個刺しと四個刺しがあることをご存知でしょうか。元々、みたらし団子は、京都の下鴨神社がルーツといわれています。このときの団子の数は五個。では四個刺しの串団子はどこからきたのでしょう？　ちょっと調べてみたところ、意外な理由がありました。それまで串団子は一個一文、五個刺しで五文という値段だったそうです。ところが江戸時代に四文銭が鋳造されたことによって、お店の混雑に紛れて四文銭だけ置いて逃げる客が頻出。怒ったお店が、それならということで最初から四個刺しにしてしまったそうです。昔はよかった、なんてよく言われますが、いつの時代にも困った人はいるものですね。

純米原酒　鬼ころし　怒髪衝天　辛口

株式会社老田酒造店

〒506-0101
岐阜県高山市清見町牧ヶ洞 1928
TEL：0577-68-2341
FAX：0577-68-2345
URL：http://www.onikorosi.com/

久寿玉　手造り純米

有限会社平瀬酒造店

〒506-0844
岐阜県高山市上一之町 82 番地
TEL：0577-34-0010
FAX：0577-34-0011
URL：http://www.kusudama.co.jp/

おせち料理

のし鶏

手羽元のコーラ煮

お好み焼き

暖簾の向こうに戻る日

美音が結婚式を挙げて新婚旅行という名の仕入れ旅に出てから四日目。馨は午後になって冷え込みが緩んだのを確認し、商店街に出かけた。朝から調味料満載の段ボール箱が届いて、お姉ちゃんってば……と苦笑した日のことである。

――新婚旅行なんだからもうちょっと商売っ気を薄めないと、要さんに愛想を尽かされちゃう……って、それはないか。お姉ちゃんのそういう切り替えが下手くそなところも含めて気に入ってるんだもんね……。とはいえ、お姉ちゃんのことだから、今頃はお料理したくてうずうずしてるかも。特に今年は、おせち料理もろくに作れなかったし……

常連のリョウの伯母に届けるゼリーを作るための黒豆煮に始まり、『豆腐の戸田』の若嫁マリのつわりを乗り切るための栗きんとん、鰤の照り焼き、伊達巻き、焼き豚、筑前煮……と、一通りおせち料理を出しはした。けれど、自宅用のおせちについては、『ぼったくり』の増改築や結婚式の準備に忙殺されてあきらめるしかなかった。

もちろん美音は当初、声を大にして反対した。

忙しいのはいつものこと、普段なら年末ぎりぎりまで営業を続けている。それでも、おせち料理はちゃんと用意してきた。今年だって作れないはずがない、と主張したのだ。

けれど、いざ工事が始まり、さらに結婚式が美音の予想を遥かに超える規模になってしまったあと、馨は必死に姉を説き伏せた。

「お姉ちゃん、おせち料理なんて絶対無理だよ。増改築だけでも大変なのに、結婚式があの規模だよ？　しかも、通り一遍じゃいや、来てくれるお客さんが満足してくれるようなお料理やお酒を用意したいって思ってるんでしょ？　おせちに時間や労力を割いてる場合じゃないよ」

「大丈夫。なんとか……」

「なんとかならないから言ってるの！　ここで無理をして新婚早々寝込むことになってもいいの？　『ぼったくり』の新装開店なのに店主は疲労困憊、青白い顔でみんなに心配されちゃってもいいの？」

馨に真顔で問い詰められ、美音はとうとうあきらめた。さすがに夫や常連たちに迷惑をかけるわけにはいかないと思ったのだろう。

美音は大きなため息をついて言った。

「わかった……今年のおせちはあきらめる」

馨なら七面倒くさいおせち料理をパスできるなんて万々歳だと思うけれど、美音はおせち作りを一年の締めくくりのように感じているのだろう。あの面倒な作業を終えない限り、年が越せない。もう何年もそんな感じで繰り返してきたから、おせちを作らないとなんだかお尻がすうすうするのかもしれない。

その上、今年は作らないと決めたあとですら、お正月におせちがないなんて、いったい何を食べればいいのかしら……と憂い顔だった。

馨自身は、おせちがないなら普通のご飯でいいし、元旦だってトーストとコーヒーで全然構わない。だが、そんなことを言った日には、あんたは縁起や伝統を重んじる心が足りない！　なんて説教されるのがオチだ。おそらく、商売をやっている人間がなんてことを言うの！　とも……

縁起や伝統は体調を崩してまで大切にすべきものなのか、と甚だ疑問ではあるが、美音にとって、それぐらいおせち料理というのは大事なものなのだろう。

とにかく、やむを得なかったとはいえ、今回の年越しは美音としては痛恨そのもの。新婚旅行で栗の名産地を通ることになっていたが、栗のお菓子を見るたびに作れなかった栗きんとんを思い出してため息をついているかもしれない。

――本当にお姉ちゃんって真面目……ていうか、意固地なんだから……

そんなことを思いながら歩いていた馨は、『八百源』の前でばったりウメに出くわした。

「おや、馨ちゃん、こんにちは」

「あ、ウメさん！　お久しぶり～、元気だった？」

ウメに会ったのは、美音の結婚式以来、とはいえ正確には五日しか経っていない。それでも久しぶりと感じてしまうのは、ウメが三日に一度は『ぼったくり』を訪れる常連なのに、休業中で顔を合わせる機会が減っているからだろう。

結婚式の感想も含めてひとしきり話をしたあと、ウメは不意に美音の予定を訊ねた。

「それはそうと、美音坊はいつお戻りだい？」

「お姉ちゃんたちなら、日曜日の午後には戻ってくるよ」

「日曜日っていうと明後日か……意外と早いね。あたしはまた、工事が終わるまで全国周遊するのかと思ってたよ」

「全国周遊!? さすがに、要さんがそこまで休めないよ」

要はとにかく忙しい会社員だ。結婚式を含めて十日近くの休みを取れたのは奇跡に近い。

こんなに休んだら、さぞや戻ってから大変だろうと美音も馨も心配しているぐらいなのだ。第一、美音自身、工事が終わったらすぐにでも店を開ける気満々、のんびり全国周遊なんてもっての外に違いない。

「ふーん……でも、まだ工事も終わってないんだから住むところにも困るだろうに」

短い期間のことだから馨と一緒、あるいは要の母である八重の家に世話になるのは可能だろうけれど、それではせっかくの新婚ムードが台無しではないか、とウメは心配そうに言う。

もちろん、『あの』要に限って、そんなぬかりがあるわけがなかった。

「それは大丈夫。工事が終わるまでは、要さんが学生時代に使ってたマンションにいるんだって」

「ああ、そういえばそんな話を聞いたね。それなら安心だ。でも、それだと馨ちゃんが寂しいね。ちょっとぐらいこっちに顔を出してくれるのかい？」

「もちろん。結婚式のお礼も言わなきゃならないし、工事だって気になってるはず。三連休が終われば要さんも仕事に行くだろうから、留守の間にこっちに来ると思うよ。おかげであたしは荷物運びに動員されちゃった」

「荷物運び?」

「うん。けっこういろいろ送ってきてはいるんだけど、最後の日に買う分は送らずに持って帰るんだって。けっこうな量になるから、ひとりじゃ無理。月曜日に手伝いに来てーって呼び出されたの。みんなへのお土産(みやげ)もたーっぷり買ったみたいだよ」

「へえ……荷物運びねえ……」

美音にしては珍しいことだ。正直、かなりの締まり屋で、運びきれなくなるほど無計画に買い物をするタイプじゃないのに、とそれを聞いたとき馨は不思議な気持ちになったものだ。だが、ウメは訳知り顔で頷いている。

「なるほどね。それはあれだ、ただの口実ってやつだね。美音坊は、早く馨ちゃんに会いたいんだよ。それで、帰る早々呼び出した。とはいっても、車で出かけてるから、帰る時間がはっきりしないし、待ちぼうけは馨ちゃんに気の毒……ってことで、翌日の月曜日ってことだろ」

「えー……せっかく新婚なんだから、ふたりでいちゃいちゃしてればいいのに」

「まあそう言いなさんな。会いたさ半分、心配半分に違いないさ。元気な顔を見せておやり。店が始まったら、ゆっくり話す時間なんてないかもしれないし」

今までのように、同じ家で暮らすわけではない。自ずと話す時間も減るだろう。せめて今だけでも、と美音は考えているに違いない、とウメは推測した。

「そっか……」

「せいぜい付き合っておあげよ……あ、そうだ！　明後日戻るならちょうどいい。美音坊にもお裾分けをしよう！」

「お裾分け？　なにを？」

きょとんとしている馨に、ウメはそれは嬉しそうに、決まったばかりだという計画について話してくれた。

「『ショッピングプラザ下町』ができて、バスがこの近くまで来るようになったせいか、お客さんがずいぶん増えて、この商店街も暮れから年明けにかけて相当忙しかったんだよ。男連中は忘年会だ、新年会だって大盛り上がりだったみたいだけど、女衆は置いてきぼり。あんまりじゃないかってことで、骨休めの会をすることにしたんだよ」

最初は、商店街の女たちだけでおこなうつもりだったけれど、骨休めをしたいのは店をやってる者だけとは限らない。年末年始の忙しさは、仕事を問わずあるものだ。それならいっそ、町内会の行事にしてしまえ、という話になったそうだ。

「で、あたしも呼んでもらえて、商い(あきな)をやってない人間に連絡してくれって頼まれてたんだよ」

美音は留守にしても、馨やマサの妻のナミエ、『ぼったくり』裏のアパートに住む早紀とその母、息子の妻であるカナコにも声をかけるつもりだった、とウメは説明した。

「それは嬉しい！　でも……それとお姉ちゃんにどういう関係が……あ、お姉ちゃんも呼ぶってこと？」

「じゃなくて、この『骨休め会』、あたしのうちでやることになったんだよ」

お店でやるのもいいが、客商売をやっている者が大半だ。きっと愚痴の言い合いになるに違いないが、商売上のあれこれが客の耳に入るのはよろしくないだろう、ということで、ウメが自宅を提供することになったそうだ。

「え、大丈夫なの？　大変じゃない？」

「平気平気。みんな気心の知れた人たちだし、なにより持ち寄りなんだ。でね、その持ち寄りの中身が面白くてね。おせち料理を作ってみようって……」

「おせち料理って、もう二月だよ!?」

「うん、それはわかってるんだけどね」

　昨年は秋ぐらいから、ちょこちょこ美音がおせち料理を作っていた。本日のおすすめとして『ぼったくり』で出されたものもある。シンゾウやマサは帰宅してフライングのおせちについて話をしたし、聞けば作り方もそんなに難しくない。女たちの間で、それなら来年の正月に向けて練習がてら作ってみよう、という話になったそうだ。

「商売をやってる家は、みんな年末ぎりぎりまで仕事をする。美音坊ならまだしも、料理人じゃない奥さん連中は、おせちを全部手作りするなんて無理。せいぜい一品、二品作って、あとは出来合いを詰めてる家がほとんどなんだとさ」

「確かに……大晦日は多少早じまいになるけど、それからじゃ全部は無理だよね」

「だろ？　でも、そこで誰かが言い出したんだよ。おせちを全部手作りするのは難しいけど、一品ぐらいなら作れるんじゃないか。みんなで持ち寄れば立派なおせちになるんじゃないか。『骨休め会』でやってみてうまくいくようなら、来年のおせちは分業で作ってみても面白いねってさ」

黒豆はマサのところのナミエが、煮染めはウメが、田作りはシンゾウの妻のサヨが……というふうに一品だけをどかんと作ってみんなで分けてはどうか。

どうせ毎年少しは手作りをしているのだから、そんなに大変ではないことはわかっている。なにより、少しだけ作るよりも、ある程度大量に作るほうが調理もしやすい。みんなで分ければ、正月明けに余ったおせちで苦労することもないだろう、ということで話がまとまったそうだ。

「ま、美音坊には及ばないけど、みんな熟練の主婦だ。まったく食べられない代物にはならないと思うよ。で、ここからが本題、その『骨休め会』が開かれるのが明後日。どうせなら美音坊にもおせち料理を差し入れたらどうか、と思ってね」

旅行から帰ったあとの食事というのは、主婦にとっては頭痛のタネだ。冷蔵庫は空っぽ、買い物から始めなければならない。そこに重箱に詰めた食事が届く、というのは、かなり嬉しいことではないか、とウメは嬉しそうに笑った。

「たぶんみんな、多めに作る。美音坊と要さんの分ぐらい余裕で賄えると思うよ。もともとおせちは保存が利くものだから、翌日だって大丈夫だろう」

「うわあ、嬉しい！　きっとお姉ちゃんも喜ぶよ。ほんとにありがとう！　あ……でも、あたしは何も作らなくていいの？」

さすがに手ぶらじゃ行けない、と馨が困った顔をすると、ウメはしばらく考えてぽんと手を打った。

「子どもが好きそうで、おせちに入れられそうな料理をなにか作ってきてくれないかい？」

「子ども……？」

「今回の目的の半分はおせちの練習。でも大人はまだしも、おせちって子どもはあんまり食べないだろ？　とはいえ別に作るのは手間だ。だから、子ども、特に男の子が好きそうな料理をなにか入れたいんだよ」

「あ、なるほど……」

　女の子なら意外と野菜の煮物やなますが好きな子もいる。なにより、いろいろな料理がちまちまと詰め込まれたお重を見るだけで喜ぶこともある。だが、男の子はそうはいかない。おせちなんて、とそっぽを向く子が多いと言われれば、そのとおりだ。

「お姉ちゃんみたいに上手くはできないけど、頑張ってみるよ」

「ご心配なく。馨ちゃんだってもう『ぼったくり』に入ってずいぶんになるし、馨ちゃんの舌は先代と美音坊の仕込み。自信をお持ちよ」

「そうかな……」

「そうそう。普段美音坊みたいな凄腕の料理人のそばにいるからわからないだけ。馨ちゃんは馨ちゃんでちゃんとやれるさ」

　よろしく頼むよ、と馨に言ったあと、ウメはじゃあこれで……と『八百源』に入っていった。おそらく煮染め（にしめ）に必要な根菜でも買うつもりなのだろう。

「さて、始めますか。まずはコーラ……」

土曜日、一通りの家事を終えた馨は、飲み物のストック置き場からコーラのペットボトルを取り出した。一番小さいサイズだが、飲むわけではないからこれで十分だ。

続いて冷蔵庫から手羽元を出す。子ども、しかも男の子といったらやっぱり肉だろう、ということで昨日『加藤精肉店』で買ってきたものだ。

「手羽元でも手羽先でもいいけど、美味しいのよね。コーラで煮ると！」

馨は大胆に独り言を言いながら、鍋にドボドボとコーラを注ぐ。さらに醤油と酒を足したところで、ふと酒の容器に目を留めた。美音がいつも使っている、紙パック入りの日本酒だ。

——そういえば、料理酒とお酒の違いも、お姉ちゃんに教えてもらったんだったなあ……

美音のように、レシピなんてとっくに不要になった料理人とは違い、馨は今でもレシピに頼ることが多い。特に、作ったことがない料理については百パーセントレシピを調べてから作る。適当にやって食材を無駄にするなんてもっての外、食を商（あきな）う人間の端くれとしてあってはならないことだからだ。

そして、料理本やインターネットで調べたレシピには、往々にして『酒』という文字が書かれている。

酒が、料理の味や風味を増してくれるというのは有名な話だ。だからこそ昔から日本酒、ワイン、ブランデー、ラム酒、紹興酒（しょうこうしゅ）……といった様々な酒が料理に使われてきた。とりわけ和食については、酒あるいはみりんのいずれかの名を見ないことはないと言っていいほどだ。

ただ、レシピに書かれているのはあくまでも『酒』の一言で、細かい指定はあまりない。一般の家庭ではいわゆる料理酒が使われることが多いだろう。なぜかというと、料理酒と普通の酒では値段がずいぶん異なるからだ。

効果が同じなら、値段なんて安いほうがいい。馨は常々そう思っていたし、商いをおこなう上でもコストが抑えられるほうが嬉しいに決まっている。それなのに、美音は頑なに料理酒を使おうとしなかった。

なぜそこまでこだわるのか、同じ酒じゃないかと思った馨はふたりで買い物に行った際、美音に訊ねてみた。みりんや醤油、料理酒などがずらりと並んだ調味料売り場でのことだった。

「料理酒とお酒って、実は全然違うものなのよ」

美音は、ひどくあっさり答えた。そんな答えでは納得がいかなかった馨は、目の前の棚から料理酒のペットボトルを取って、でもお酒って書いてあるよ！　と突きつけた。ところが美音は、そんな馨からペットボトルを取り上げて裏を返すと、そこに貼ってあったラベルを読むように言ったのだ。

「え……なにこれ。こんなにいろいろ入ってるの？」

ラベルに並んだ文字の多さに、馨は目を見張った。そこには塩をはじめ、たくさんの添加物の名前が書き込まれていた。

「料理酒はね、こうやっていろいろなものを入れることでお酒をお酒じゃなくしてるの」

酒に塩を入れれば、それはもう純粋な意味の酒ではなくなる。酒ではないものには酒税がかからず、その分安く売ることができる。さらに、酒を売るためには酒類販売業免許が必要だが、料理酒は酒ではないから特別な免許も必要ない。酒を売ることができないスーパーやコンビニでも扱うことができるのだ、と美音は説明してくれた。

「へえ……じゃあ、いいこと尽くめじゃない。だったらよけいに、うちも料理酒を使ったほうがいいじゃん。なんでそうしないの？」

「さあ、どうしてかしら？」

そこで美音はふふふ……と笑い、それ以上の説明をしてくれない。結局、馨は納得がいかないままに調味料売り場をあとにしたのだった。

高校で調理実習があったのはそれからすぐだった。

「もしも学校で使うのが料理酒だったら、先生の目を盗んでちょっと舐めたら？」

馨が調理実習をすると知った美音が、そんなことを囁いてきた。そうしたらきっと、うちで料理酒を使わない理由がわかるはずだ、と……

理由が知りたくてならなかった馨は、美音の言葉に従い、こっそり料理酒を舐めてみた。

「なにこれ……」

しょっぱいだけでなく、不自然な酸味があった。とてもじゃないが、そのまま口に含んでいられない。かといって吐き出すわけにもいかず、慌てて水を飲んでごまかしたが、これを料理に使うのはちょっと……と思わざるを得なかった。

案の定、出来上がった筑前煮は、家で両親や美音が作ってくれるものより塩辛く、尖った味わいだった。

「お姉ちゃん、料理酒ってあんなにしょっぱくて酸っぱいんだね」

報告した馨に、美音はしたり顔で言った。

「でしょ？　だからうちは使わないの。店にお酒がたくさんあるし、家でも紙パックに入った本当のお酒を買うのよ」

さらに美音は、みりんについても言及した。

みりんとみりん風調味料にも同じような違いがある。そして、添加物が多い料理酒やみりん風調味料を使わざるを得なくなったときは、塩や醤油の量を控えたほうがいい、と教えてくれた。

店が忙しくてほとんど家にいなかった母よりも、美音に教えられたことのほうがずっと多い。コーラで手羽元を煮ることも、そこにマーマレードを少し入れるとさらに風味が増すことも、すべて美音が教えてくれた。でも、もう美音はこの家にはいない。これからはひとりで頑張っていくしかないのだ。

「何度考えても同じこと。くよくよしてないで、頑張れ馨！」

馨は元気に言い放ち、今度は冷蔵庫に入れてあった鶏の挽肉を取り出す。大きなボールに全部あけて、卵をいくつかと片栗粉、あとは味噌と醤油と塩胡椒、お酒も……と次々入れていく。そして、自分が今調味料を計らなかったことに気付いてにんまり笑った。

「おお、けっこうやるじゃん、あたし！」

さらに、しっかり捏ねた挽肉をクッキングペーパーに伸ばし、フライパンで板状に焼きあげる。熱が通るとともに立ち上がってくる味噌の香りがなんとも言えなかった。

「のし鶏って、おせちの中ではダントツ子どもも受けしそうな料理だよね！」

また独り言が口をつく。

冷めても美味しいけど、熱々はもっと美味しい。馨は毎年、姉の目を盗んでつまみ食いするけれど、今なら好きなだけ食べられる。だが、そうなると逆に食べる気にならない。せいぜい切れ端を味見する程度だった。

のし鶏は味も焼き加減も抜群。手羽元もコーラ独特の甘みと醤油のコラボレーションが、しっかり漬け込んだ照り焼きのよう。手で掴んでかじり付けば、肉がすっと離れて綺麗に骨だけが残る。肉の柔らかさは、子どもばかりかお年寄りにも食べやすいはずだ。

美音がいなくてもこれぐらいの料理は作れる。きっと大丈夫、と自分に言い聞かせ、馨は出来上がった料理を冷まし、冷蔵庫にしまった。

†

月曜日、前日におこなわれた『骨休め会』をたっぷり楽しんだ馨は、季節外れのおせち料理が詰まった重箱を持って、美音と要が待つマンションに向かった。

要のマンションに戻るなり、明日は朝一番で来て、なんなら今すぐ来てくれてもいい、と電話をかけてきた美音を押し返し、あえて午後にしたのは、新婚夫婦が朝寝坊して、旅の疲れをたっぷり癒せるようにという馨なりの配慮からだった。

「久しぶり。元気だった!?」

ドアを開けてくれた美音は、まず上から下まで馨の姿を確かめるように見た。まるで家を離れた子どもが帰省したときの母親のような眼差しに半ば呆れていると、美音が不思議そうに訊ねた。

「なに、その大きな荷物?」

肩からかけている鞄だけならまだしも、大きな紙袋まで提げている。今日はマンションに泊めてもらうことになっているからその分の荷物もあるにしても、さすがにこれは……と美音は思ったのだろう。

とりあえず上がって、と招き入れられた馨は、要に挨拶したあと、大きな紙袋の中から風呂敷包みを出した。

「はい。これは、町内会の女将さんたちから」

三段の重箱を前に、美音はさらに怪訝な顔になった。

「おせちだよ。ちょっと遅い……いや、目茶苦茶早いのかもしれないけど」

そして馨は、鳩が豆鉄砲を食ったような顔になった姉をクックと笑ったあと、テーブルの上で風呂敷を解いた。

「うわあ……きれい！」

蓋を取ったとたん、美音は歓声ともため息ともつかぬ声を漏らした。

妹が持ち込んできた三段の重箱は、美音にとっては見慣れたものだ。両親が存命のころからずっと使ってきた会津塗りの小さな重箱で、年の瀬になると登場し、松が明けるころにはまたしまい込まれる、まさにお正月、おせち料理だけのための重箱である。

けれど、昨年の暮れから今年の年明けにかけてとにかく忙しく、泣く泣く今年のおせち作りはあきらめた。当然、重箱は台所の吊り戸棚にしまい込まれたままで、また年末が来るまで見ることはないと思っていたのだが……

「すごいな……」

感極まったような美音の声に、どれどれと見にきた要も感心している。

それもそのはず、一の重から三の重まで余すところなく料理が詰められ、三つの重が並べられた様子は、まるで高級料理店のカタログのようだった。

しかも馨の説明によると、これらはすべて出来合いではなく、町内会の女性たちが丹精込めて作ったものらしい。

「これはちょっと我慢できそうにない。晩飯にはちょっと早いけど、さっそくいただいてみようよ」

そう言いながら要は食器棚に向かった。

当たり前みたいに自分で食器を取りに行く要を見て、馨が感心したように言う。

「要さんって、わりと腰が軽いんですね」

「そんな意外そうに言わないでくれよ。店じゃないんだから、食器ぐらい自分で出すよ。うちは共働きだから、家事はできるほうがやるって決めたんだ」

「完全にイーブンって言わないところが正直でいいですね」

「それを言ったら嘘になるだろ」

　できないことは言わないよ、と要は苦笑している。だが美音は、彼がそれだけで話を終わらせなかったことを知っている。要は、家事はできるほうがやる、どっちもできなかったらアウトソーシングだ、と宣言したのだ。そしてふたりは約束をした。

　多少は仕方がない。でも、限界を超えた無理はしない。とにかく心と身体の健康、それが円満な夫婦の秘訣なのだから、と……

　その言葉どおりに、昨日も要はマンションに戻るなり窓を開けて空気を入れ換え、旅行中の洗濯物を洗濯機に放り込んだ。

　そんなことは自分がする、ずっと運転して疲れているのに……と心配する美音に、彼は笑って言ったのだ。

「目の前に片付けなきゃならないものがあったら、君は落ち着かないだろ？　だったらさっさとやっつけてそれからゆっくりしたほうがいい。乾燥機能までついている洗濯機だから、全部終わるのには二時間以上かかる。その間に旅行鞄の中身を片付けて、買ってきたお土産の整理をして、お茶の十杯ぐらい飲めるよ」

「十杯は多すぎでしょ」

「もののたとえさ」

そしてふたりは、マンションの中をちょこまかと動き回って荷物の整理をし、午後のお茶を楽しんだのだ。もっとも飲んだのはせいぜい二杯ぐらいだったけれど……

有言実行の人と化した要は、三人分の皿と箸を持って戻ってくると、美音と馨に着席を促した。

さっさと席に着いた馨に倣い、美音もテーブルにつく。

「深い黒……しかも、皺ひとつないわ」

「でしょ？　これを作ったのはナミエさん。あ、ナミエさんってマサさんの奥さんね」

　馨が要に説明している間に、美音は早速一粒口に運ぶ。

　ふっくらと柔らかく、それでいて歯に纏わり付くようなもっちりとした食感がある。

　美音を見習って醤油を少し使ってみたそうだが、砂糖の甘さとのバランスが絶妙。醤油の量を教えたわけでもないのに、さすがは熟練の主婦、と感心するばかりだった。

「このタケノコもすごく旨い。これは酒が欲しくなるな」

　煮染めの中のタケノコをかじってみた要が、ちらりと美音に目を走らせた。

「はいはい。じゃあ、お酒も出しましょうね」

　そう言いながら、美音は台所に向かい、流しの下から四合瓶を取り出す。鳥取県東伯郡にある梅津酒造有限会社が、大山からの地下水と米、そして米麹だけを用いて醸す純米酒で、ラベルに書かれている文字は『純米酒　富玲』。三代目の藤蔵が『フレー！　フレー!!』という声援にアイデアを得て名付けたそうだ。

要と美音、馨、そして『ぼったくり』という店そのもの……それぞれが新しい生活を始めるにあたって、これほど相応しい酒はない。そんな理由から、美音はこの酒を結婚式前に取り寄せ、わざわざ要のマンションに運んでおいたのだった。

「応援の酒だ！　これ、お燗にするとぱーっと薫りが立つし、コクもすごいよな」

要が目を輝かせて言う。どうやら彼はこの銘柄も名前の由来も知っていたらしい。

「ええ。純米酒は燗上がりするお酒が多いですが、この『冨玲』はトップレベルです」

「うん。それに、『かおり』は『かおり』でも、香水の香じゃなくて『風薫る』の薫」

「草冠に重いって書いて、点を四つ打つ？」

「そう。あの薫って字は火をつけて良い匂いを立たせるって意味があるらしい。お燗は火をつけるわけじゃないから、正確には違うんだけど、温めたお酒から良い匂いがするって感じ……」

わかる？　と、要は美音を窺うように見た。もちろん、彼の言わんとするところはわかった。

「もちろんです。吟醸香みたいに華やかでフルーティな感じじゃなくて、お米っぽい、あーお腹空いたなあ……美味しい料理で一杯やりたいなあ……って感じでしょ？」

「そのとおり！　ということでこの酒は、あらゆる意味で今のおれたちにぴったり。酒に応援されて新生活を始めるなんて粋だね」

「おせち料理にもぴったりですよ」

「よし、早速いただこう」

美音が酒を温める間に、要が猪口を用意する。夫婦の連携の下、午後の宴が始まった。

「このお煮染め、すごく美味しい……」

「これはウメさん作。さすがの味付け」

美音のため息まじりの賞賛に、馨がそれぞれの料理の説明を始めた。

ウメの煮染めは昔ながら、長期保存向きのしっかりした味付け。飾り切りも、レンコンの灰汁(あく)抜きも丁寧そのもので、見た目も美しい。

『豆腐の戸田』のショウコが作った栗きんとんは言うまでもなく百点満点、マリがつわりで苦しんでいたときとまったく同じ出来だった。料理人の美音ですら、年に一度しか作らないおせち料理の味にはばらつきが出るというのに、いつ作っても同じなんてすごすぎる、とため息が出てしまう。

こんがり焼き上がった焼き豚は『加藤精肉店』の若嫁、リカが作ったそうだ。蜂蜜を使ったタレに丸二日つけ込んでから焼き上げたという。しかも、お重に入れた腿肉の他に、ラーメンとかチャーハン用に……とバラ肉のおまけまでついている。肉と脂(あぶら)の兼ね合いが絶妙で、さすがはお肉屋さん、と拍手したくなるほどだった。

『魚辰』のセイコは鰤(ぶり)の照り焼きを担当。お重に入る大きさに揃えた切り身を漬け込み、柚子(ゆず)の飾り切りがなんとも言えない芳香を放っていた。

『八百源』からは紅白なます。お正月用の金時人参はもう手に入らなかったとみえて、普通の人参が使われていたが、それでも真っ白な大根とオレンジ色の人参はそれだけで目のご馳走だ。しかも、しゃきしゃきの食感と柚子を絞り込んだ甘酢が口の中をさっぱりさせてくれる。

数の子の土佐漬けはクリーニング屋のタミの手による。塩の抜き加減、味付けもちょうどいい。

カツオの風味がたっぷり感じられるから、おそらく漬け汁そのものに鰹出汁を使ったのだろう。

シンゾウの妻のサヨの田作りは、丁寧に炒りあげられたあと、とろみが十分出るまで煮詰めたタレに絡められて、パキパキに仕上がっている。きっと絡めたあとも、ちゃんと広げて冷ましたに違いない。

馨が思い出し笑いで言う。

「タミさんね、『クリーニング屋やから、シミ抜くのも得意やけど、塩かてうまいこと抜くでー』なんて言うんだよ。もうみんなで笑っちゃった」

いかにも西の人らしい台詞に噴き出す女たちの姿が目に浮かんだ。

それから、それから……と、馨はウメの家で繰り広げられたおせち交換会の様子を語り続けた。

説明を聞くのに相当時間がかかったけれど、とにかく一品一品、その向こうに作った人の顔が見えるようだった。

「で、これがあたしの労作！　食べた人全員大絶賛の自信作！　あと、のし鶏もすごく美味しいって評判だったよ〜」

馨は最後に、お重に入れるには少し大きすぎて一本か二本しか入らなかった、と笑いながら手羽元の煮込みを指さした。

「本当にありがとう、すごく嬉しい。みんなに早々にお礼に伺わなきゃ」

おせちそのものも嬉しいけれど、それよりも心遣いが嬉しい、と美音は思う。要は要で、新装開店のときには休業前以上に大盤振る舞いしなきゃね、なんて言っている。

あのときのマグロはすごかった。あれ以上に何をする気だ、と恐ろしくなってくるが、それぐらい彼も町の女たちの心づくしを喜んでくれているのだろう。

よかったよかった……なんて、考えながら数の子をぽりぽり噛んでいると、いきなり要が訊ねてきた。

「そういえば、そろそろ新装開店の準備もしなきゃならないんだよね？」

『ぼったくり』の増改築工事はおよそ二ヶ月の工期、年明け早々に始めたのだから二月末、遅くとも三月頭には完工するだろう。これが他の者であれば、開店は年度替わりで切りのいい四月から、なんて言うかもしれないけれど、美音に限ってそれはない。工事が終わり次第、翌日からでも店を再開したいほどなのだ。

だが、食材は休業前に使い切ったし、酒もわざわざ寝かせてあるもの以外は出し切った。食材も酒も一から仕入れ直さねばならない。取り寄せるのに時間がかかる酒もあるし、再開を急ぐのであればのんびりしていられなかった。

「そうなんです。それで馨とも相談したくて……」

旅行から戻るやいなや馨を呼び寄せたのは、会いたいという気持ちもさることながら、開店準備もあってのことだ。

これまでは何でも美音が決めていた。でも家庭を持った今、できるだけ馨と相談して決めたい。

　そうすれば自分の負担も減るし、馨のやり甲斐にも繋がるだろう、と美音は考えたのだ。

「了解、了解。部屋は余ってるし、一日なんていわず、何日でも泊まってもらえばいいよ。どうせおれは昼間はいないし、そのほうがゆっくり相談できるだろう」

「え、そうですか？　じゃあ……」

「お姉ちゃん、お言葉はありがたいけど、何日も、ってわけにはいかないよ。まだ工事は続いているから、ショウタさんにお茶を出さなきゃならないでしょ。今日は祝日だからいいけど、明日の午後には帰ります」

「えー……」

　せめてもう一日、と言いたかったが、馨のほうが正論だ。しょんぼりと肩を落とした美音に、要は苦笑いだった。

「本当に君ら姉妹は仲がいいね。わかった、じゃあ、今夜はおれはもう退散するから、あとはふたりでゆっくり相談するといいよ」

「ありがとうございます！　お言葉に甘えて、今夜はお姉ちゃんをお借りします！」

　要に向かって敬礼し、馨は鞄からノートを一冊取り出した。

「じゃ、お姉ちゃん、早速相談を始めよう」

「え……もう？」

「なに言ってるの。ショウタさん、すごく頑張ってくれて、工事はもうほとんど終わりかけてるんだよ。時間は有限。それに、相談が終わらないから今日は実家に泊まる、とか言い出されたら要さんに申し訳なさすぎる」

「それは困る」

「そんなこと言いません！」

　要と美音が同時に発した声に、馨がぷっと噴き出した。

「冗談だよ。たとえお姉ちゃんがこのマンションに帰らなくても、そのときは要さんがうちに来ちゃうだけだよね。なんせ、『君がいるところがおれのうち』なんだから」

　お姉ちゃんたちは平気、当てられっぱなしで困るのはあたしだけ、なんて冷やかすように言ったあと、馨は本格的に打ち合わせを開始した。

その後、食材や酒の仕入れだけではなく、新しいメニューや休業日についての相談も始まり、姉妹の話し合いは遅くまで続いた。

†

日付が変わるまで話し続け、あらかた相談がまとまった姉妹は、翌朝『ぼったくり』のある町に戻った。お土産（みやげ）やら何やらの大荷物を置くために、いったん元の家に戻ったあと、美音は馨と一緒に工事の進み具合を見に行く。

「あら……？」

ほぼ毎日工事現場を見ているせいか、馨は気にならないようだが、美音は妙な違和感を覚えた。

結婚式前までは遅れがちになっていた工事はほぼ完了。おそらく工程表に追いつくためにショウタがしゃかりきに頑張ってくれたのだろう。それはありがたいことだったが、問題は工事の進み具合ではない。古いまま使うはずだったカウンターが、新しいものに変えられているのだ。

　さらに増築された二階部分を見に行ってみると、そこでも注文したのと違う部分があった。

「お風呂って、これだったかしら……」

　浴室の入り口で首を傾げていると、ショウタにお茶を出し終えた馨が上がってきた。怪訝（けげん）な顔の美音に気付いたのか、声をかけてくる。

「お姉ちゃん、どうしたの？」

「ショウタさん、間違っちゃったみたい」

「間違っちゃったって？」

「カウンターが新しくなってるし、お風呂もたぶんこれじゃなかった……」

「え……そうだった？」

　そこで馨はどたばたと階段を下り、カウンターに近づいた。まじまじと見たあと、ため息をつく。

「全然気付かなかった……。だってこれ、ちょっと前まで保護シートがかかってたんだもん」

古いカウンターとはいえ、工事中に傷が付いては大変だ。カウンターに限らず、弄る必要がない部分を保護するためにシートを被せるのは当たり前のことらしい。だからこそ、毎日現場に出入りしていた馨もカウンターが入れ替わっていたことに気付かなかったのだろう。

さらに鼻をカウンターに近づけてくんくんと匂いを嗅いだ馨は、うわあ……と声を上げた。

「これってもしかして檜？」

「たぶん。それに、お風呂も私と要さんが選んだのよりずっとハイグレード。あれはきっと、ジャグジー付きのやつよ」

カウンターは檜の一枚板になっていたし、お風呂も変わっている。確かにお風呂は、今まで住んでいた家よりは広くて立派なものになる予定だったけれど、少なくともジャグジーなんて付いていなかった。

「ねえ馨。これって、間違いだから元に戻してって言えると思う？」

「無理なんじゃない？　できるとしてもまたお金がかかっちゃうよ」

「困ったわ……こんなに高そうなの、私には払えないし」

「佐島建設が間違えたんだから、佐島建設が払うんじゃない？　あ、でも、間違えたのがショウタさんなら、ショウタさんの自腹かも……」

「そんなことさせられません！」

ショウタはベテランの大工だ。彼に限ってそんな間違いはしないと思う。だが、万が一ショウタが間違えたのだとしても、それは無理やり予定を変えさせて現場に入ってもらったせいだろう。無理をしたせいでうっかりミスが出るのはよくあることだ。こちらの都合で無理をさせたのだから、ショウタの責任にするのは違うと美音は思った。とはいっても、既に馨を通じてショウタには、グレードアップした分はちゃんと請求してくれと伝えている。それに加えて檜のカウンターやジャグジーバスの分までは支払えそうになかった。

――どうしよう……要さんに相談するしかないのかしら……

「えっと……美音さん……。実は……」

そこで、ひどく申し訳なさそうな声でショウタが話しかけてきた。きっと彼も間違えたことに気付いていて、とりあえず謝るつもりなのだろう。慌てて美音は、ショウタの言葉を遮った。

「いいんです！　気にしないでください。なんとかしてお支払いしますから！」

ショウタは、そんな美音の顔をあっけにとられたように眺めていたが、ふいに笑い出した。

「いや、そうじゃないんです。すみません、これにはちょっとわけが……」

「わけ……って？」

「実はこのカウンターとジャグジーバスは、佐島建設の会長さんと要さんのご母堂からの新築祝いだそうです」

「新築祝い……ですか……」

「うへえ……」

早速スマホを取り出して検索していた馨が唸り声を上げた。

「檜(ひのき)の一枚板とかジャグジー付きのお風呂ってこんなに高いんだ！　少なくとも新築祝いにするような値段じゃないよー」

「いや、俺も値段のことはちょっと気になったんですけどね。会長さんは気にされてなかったし、要さんのご母堂も……」

ショウタは頭をポリポリ掻いている。無理もない。なにを新築祝いに贈るかも予算の範囲も人によって異なる。ましてや相手は取引先の会長なのだ。大工が口出しすべきことじゃない。

おそらくショウタは、松雄や八重に頼まれるままに、手配をしただけなのだろう。

「あの……もしかしてこのこと要さんは……？」

「もちろん、ご存じですよ」

要はこの工事の現場監督だ。仕様変更を知らないわけがない。

そういえば、旅行中に何度か携帯に電話がかかってきていた。お休みなのにこんなに電話がかかってくるなんて大変だなあ……と思っていたが、あれはこの仕様変更がらみだったのだろう。さもなければ、新婚旅行先まで電話が追いかけてくるわけがない。要はきっと、留守中でも支障が出ないよう段取りをつけてきたに違いないのだから……

要はすでに知っていた。それなのに、一言も教えてくれなかったなんて……と美音は怒り出したくなった。だが、そんな美音の気配を察したのか、ショウタは慌てて説明を加えた。

「佐島の会長さんは、サプライズってやつをご希望でした。要さんのご母堂も同じです。ですから要さんも、美音さんにお伝えしなかったんでしょう。それに、きっとお二方とも、美音さんに何か形のあるもの、本当に美音さんの役に立つものを贈りたかったんだと思います」

勝手に仕様変更したのは良くないことかもしれない。だが、檜（ひのき）のカウンターは美音が泣く泣くあきらめたものだし、ジャグジーバスだって邪魔になるものではない。これからの関係を考えたら、黙って受け取るのが一番ではないか――

ショウタはいかにも年配者らしく、美音にそんな進言をした。

松雄と八重の気持ち、そして要もそれを了解しているとなったら、断る理由はない。

元々欲しくて仕方がなかった檜のカウンターは言うまでもないが、一日の終わりにジャグジーバスに入れれば、どれほど疲れが癒されることか……

「じゃあ、間違いじゃないんですね？」

「はい。こういう話をするのはちょっとあれですが、お代ももう済んでるはずです。会長さんたちも、さすがに美音さんに黙ってっていうのはまずいってわかってたんでしょうね。もしかしたら断られるかもしれないから、とっくに代済みだ、とかなんとか理由をつけて説得してくれって、要さんに頼んだみたいです」

「あらら、プレゼントをする側なのにずいぶん大変だねえ……」

美音とショウタのやりとりを聞いていた馨は、佐島建設の会長にそこまで気を遣わせるなんてすごい、と感心している。

けれど美音にしてみれば、そういう贈り物を素直に受け取らないような人間だと判断されてしまったこと自体が痛恨だった。

例の『処理』が発動されたとき、美音はある意味自分と『ぼったくり』を守るのに必死だった。

　要との付き合いは一時的なもの、いつかは別れることになると思い込んでいたからこそ、怜や松雄に強気な対応ができた。震える足を抑え込み、必死で虚勢を張ったのである。

　だが、予想に反してふたりは結婚し、今や松雄や怜と親戚づきあいをすることになってしまった。

　当時は想像もしていなかったとはいえ、要の家族にあれほど頑なで意固地な面を見せたのは間違いだったかもしれない。

　いくら要自身が、そんなことを気にする必要はないと言ってくれても、いわゆる『やらかしちゃった』感が否めない。かくなる上は、長い時間をかけて印象を変えていくしかない……

　美音が、長い道のりを思ってため息をついていると、ショウタがまた声をかけてきた。

「どっちにしても、その若さで佐島建設の会長さんに一目置かれるなんてすごいですよ。自慢していいレベルです」

「そうでしょうか……なんか私、始まる前から失敗しちゃったみたいで……」

「そうなんですか？　俺には何があったかはわかりませんけど、会長さんも要さんのご母堂も美音さんに悪い印象なんて持ってないと思いますよ。だからこそ、こんなサプライズプレゼントを考えたんでしょう。それは他の人たちだって同じ……」

「え？　他の人……？」

　そこでショウタは、しまった、口が滑った、と言わんばかりに自分の口を手で押さえた。

「いや……その……ええっと……参ったな」

「他にもあるんですね、サプライズが？」

「これじゃあ、ちっともサプライズじゃないなあ……」

　根が正直な人間なのだろう。ショウタは、やれやれ……とため息をつきつつ、怜の妻の香織やシンゾウも工事中の『ぼったくり』にやってきて、ショウタに頼み事をしていったことを教えてくれた。

「新しい暖簾ですか……。しかも、怜さんと香織さんから？」

「ええ。俺が、丈夫で染めも極上のやつを探しました。もしも美音さんが、前の暖簾のほうがいいっておっしゃったときは、新しいのは壁掛けにでも雑巾にでもしちゃっていいって……」

「雑巾!?　そんなことするわけがないじゃないですか」

「でも、先代がずっと使ってきた暖簾なんでしょう？　だったら思い入れがあるんじゃないか、って気になるのは当然かもしれません」

「思い入れ……ですか……」

あるかないかと言えば、あるに決まっている。でもそれは、要の兄夫婦からの心づくしを超えてまで守るべきものなんかじゃない。それこそ、古い暖簾は丁寧に洗濯して壁に掛けてしまえばいい。

なにより、新しくなった『ぼったくり』には新しい暖簾。心機一転という意味でも、そのほうがいいような気がした。

いずれにしても、お礼を言う必要がある。町の人たちにも新婚旅行のお土産を買ってきたことだし、それを届けがてらさっさと会いに行こう。

そして美音は、まずはシンゾウのところから……と考え、お土産が入った大きな袋から、菓子箱をひとつ取り出した。ところが、そこで戸口から顔を出したのは、当のシンゾウだった。

「おーい、ショウタさん、今日も精が出るな……って、美音坊じゃねえか！」

「シンゾウさん！　今、お土産を持って伺おうと思ってたんですよ」

「よけいな気を遣うんじゃねえよ。美音坊が戻ってきてくれるのが一番の土産なんだからさ」

そうかそうか、無事に戻ったか、とシンゾウは顔をしわくちゃにして笑った。

「見たとこ、工事ももう終わりみたいだな。ちょっとばかり遅れるかなと思ってたが、よかったよかった」

そこでショウタが申し訳なさそうに頭を下げた。

「すみません。シンゾウさんにまで心配をおかけして」

「いやいや、あんたがこの店のために丹精込めてくれてたのはわかってた。俺はあんまり毎日遅くまで灯りがついてるから、無理して身体を壊さねえかって気にしてたんだ」

「本当にすみません。ついつい時間を忘れちまって……。でも、最後のほうは馨さんが鐘を鳴らしに来てくれましたから」

「鐘？」

「ええ。温かい汁物を抱えてきては、もう終わりにしなさーいって」

だまこ汁に始まり、豚汁やらさつま汁やら、身体の温まりそうな汁物を持ってきてくれた。疲れた身体に染み渡る旨さだったし、仕事を切り上げるきっかけにもなった。近頃はすっかりあてにして、馨が来るまでにここまでやっておこう、なんて励みにもさせてもらっていたのだ、とショウタは改めて馨に礼を言った。

「毎日本当にありがとうございました。おかげで無事、工期も間に合いそうです」

「そうかあ……やるなあ馨ちゃん」

「あたしは別に……ほら、汁物ってどうしても作りすぎちゃうし」

「そうだよな。別にひとりで食べるのが寂しいってわけじゃねえよな」

「う……」

シンゾウに理由の半分をあっさり見透かされ、馨は気まずそうに目を逸らす。

それでも、美音にしてみれば、自分が不在の間に馨がショウタにそんな気配りができたこと自体が驚き、そして大きな喜びだった。

ひとりにするのが不安でならなかった妹は、こうして立派にやっている。昨夜の相談だって、ずいぶん積極的に進めてくれた。もうあれこれ口を出す必要はない。むしろ心配しすぎ、口を出しすぎは彼女の成長を妨げるに違いない。

「ま、馨ちゃんもそろそろ一人前ってことだな」

「シンゾウさん、あたしはもうとっくに一人前だよー」

馨は憎まれ口をききつつも、笑顔を隠せない様子だった。

そいつは失礼、と謝ったあと、シンゾウは、今度は美音に話しかけた。

「ところで、店はいつ頃開けられそうなんだ？　おっと、別に催促してるわけじゃねえんだぞ」

「とかなんとか言って、シンゾウさんは『ぼったくり』の再開が待ちきれないんでしょう？　さもなきゃ、こんなにちょくちょく現場を覗きに来ませんよね？」

「ショウタさん、シンゾウさんはそんなにいらっしゃってたんですか？」

「三日にあげず、って言いたいところですが、実際は二日にあげずぐらいでしたね」

「ひゃー！」

「いや、俺はあんたが現場でどうにかなってねえか心配で……」

「そりゃどうも。でも、そのわりには現場の進み具合ばっかり気にしてたみたいですけど」

「うっ……」

「ま、どっちも気になったってことだよね。ありがと、シンゾウさん」

　さっきからからかった馨に庇（かば）われて、シンゾウはちょっと気まずそうな顔になりながらも、美音の答えを促（うなが）した。

「で、どうなんだ？」

「工事が終わり次第すぐにでも。馨と相談して仕入れの準備もあらかた終わってますし、あとは注文するだけです。旅行中に新しいお酒もいくつか仕入れましたし」

「お料理もね！　あたしが考えたのもいくつか入れるからね！」

「ほんとかい！　そりゃ楽しみだ！」

シンゾウが思わずといったように大きな声を出した。その声が外まで聞こえたのか、また新しい客が戸口から顔を覗かせる。

「やっぱりシンさん！　それに馨ちゃんも……あ、なんてこったい、美音坊がいるじゃないか！」

「お、ウメ婆。喜べ、『ぼったくり』はもうすぐ再開だってよ」

「ほんとかい！　これは嬉しいねえ！　早速『ぼったくりネット』で教えてやらなきゃ！」

そう言いつつ、ウメは手にしていた小さな鞄からスマホを取り出す。去年のひな祭りのころにはたどたどしかったスマホの扱いにもすっかり慣れたようで、近頃は頻繁にＳＮＳに書き込んでいるらしい。おかげで遠くて会えなかった昔なじみとのやりとりが復活したという。

ひとり暮らしで独立心旺盛、なおかつあまり濃厚な人付き合いを好まないウメにとって、ＳＮＳを通じて昔の友人たちと連絡を取るというのは案外好ましい距離感なのかもしれない。

「間もなく『ぼったくり』新装開店！　これでよし」

馨ほど淀みなくとは言えないけれど、美音よりは遥かに速いスピードで入力を終え、ウメは満足そうにスマホをしまおうとした。だが、それよりも早く返信を知らせる音が鳴り始める。しかも、一度ではなく、二度三度と……。おまけにその音は、同じ『ぼったくりネット』のメンバーである馨やシンゾウの携帯からも鳴り響いたため、店内はピーンだのポーンだのチャランだの、やかましくて仕方がない状態になってしまった。

「あら……これはちょっとしたお祭りだね。でもまあ、あたしらにとって『ぼったくり』の再開はお祭りみたいなもんだしね」

「大丈夫なのかなあ……ほとんどの人は仕事中のはずなのに」

珍しく心配そうに言った馨に、シンゾウが手を左右に振って安心させる。

「ＳＮＳの返信ぐらい、慣れてる者なら数秒、仕事をしてる連中ならなおのことだよ。みんな日頃から一生懸命働いてるんだから、それぐらいのお目こぼしはあるさ」

「そうそう。それに、こんなに返信が矢継ぎ早なのは、みんなが『ぼったくり』情報を待ちわびてた証拠。『ぼったくり』で呑んで食べて、元気をもらいたくて仕方ないんだよ」

「そっか……なら、一日も早くお店を開けなきゃね！」

「おう。頼んだぜ、馨ちゃん」

「了解でーす！」

馨は右手を額にくっつけて敬礼し、満面の笑みで応えた。もちろん、美音も気持ちは同じだ。工事がここまで進んでいるのであれば、本当に完工まではあとわずかだろう。

壁に貼ってある工程表にさりげなく目を走らせる。そんな美音に気付いたショウタが、クッと笑いながら近づいてきた。

「引き渡しは今月末の予定でした。でも、ご覧のとおり、たぶんそれより数日は早く仕上げられると思います」

「え、住まいのほうももう大丈夫なのかい？」

シンゾウが驚いたように言った。

もともと店はそんなに大きく手を入れないという話だったから工事も早く終わるだろうけれど、住居部分はぎりぎりまでかかる、とシンゾウは思っていたのだろう。

「住まいのほうが早く仕上がったぐらいです。なんせ普通の倍ぐらいの職人が入ってましたから。店のほうにも助っ人を入れようかって話もいただいたんですが……」

そこでショウタは頭に巻いていたタオルを取って、深々と礼をした。

「すみません。俺がひとりでやらせてくれってお願いしたんです。さもなければ、もう少し早く終わってたんですが……」

ここは、たくさんある現場のひとつに過ぎない。しかも、新築ではなく改築なのだ。そこまでこだわる必要はない――そう自分に言い聞かせても、やはり父親の顔が浮かんで、付き合いの浅い職人に任せる気にはなれなかった。工事が遅れ気味になったとき、人を増やすのではなく、遅くまで残って仕事をすることにしたのもそのせいだ。本当にすまなかった、みんなが待っているのはわかっていたのに……とショウタは申し訳なさそうに語った。

確かにショウタのこだわりがなければ、工事はもう終わっていたかもしれない。いや、きっと終わっていただろう。もしかしたら来週早々にも店を再開できたのかもしれない。

けれど、美音は少しも残念な気持ちにならなかった。美音と馨同様、ショウタにとってもこの店は、親が残してくれた大切な場所なのだ。自分の力で成し遂げたいという気持ちは痛いほどわかった。

頭を下げたままでいるショウタの肩にそっと手を添え、顔を覗き込むようにして美音は言った。

「いいんですよ。うちには、ショウタさんの気持ちがわからないようなお客さんはいません。遅れているならまだしも予定どおり、いいえ、予定より早く仕上げてくださったじゃないですか。謝る理由なんてひとつもありません」

「そうだよ。引き渡しは二月末、もしかしたら三月に入るかも……って覚悟してたぐらいなんだよ。でもこの分だと、二月中に開店準備をして三月からお店を開けることだってできるもの。百点満点、花丸だよ！」

「馨ちゃんの言うとおり。早く店を開けてほしいのは山々だけど、ショウタさんの気持ちだって大事にしたい。それが『ぼったくり』常連の心意気だ」

「さすがシンさん、いいこと言うね。ここに来る前よりちょっとだけ元気、それがこの店のコン、コン……」

「コンセプト、だよ。ウメさん」

「ありがとよ、馨ちゃん」

助けてくれた馨に礼を言い、ウメはにっこり笑った。

「ま、そんな感じ。だから気にすることないよ。開店の暁（あかつき）には、ショウタさんも是非」

「俺もお邪魔していいんですか？」

「もちろんだよ。みんなで『ぼったくり』の再出発を祝おうじゃないか」

「再出発……確かに間違いないけど、なんか悪いことをしてやり直しするみたい……」

馨の呟きで、その場にいた全ての人間が唖然となった。

「馨、なんてことを言うの！　誰もそんな話してないでしょ」

「うへえ……やっぱり叱られちゃったあ！」

ぺろりと舌を出しつつ、馨は妙に嬉しそうな顔をしている。まるで叱られて喜んでいるような反応に、美音は苦笑いだった。そんなふたりを見て、シンゾウとウメはうんうんとしきりに頷いている。

「そうそう。これが『ぼったくり』だ」

「馨ちゃんと美音坊はずっとこんな感じでいてほしいねえ……」

「えー、あたし、ずっと叱られっぱなし？　それはちょっと嫌だなあ……」

たまにならいいけどさ、という言葉で、今度はみんなが笑い出す。いつもの『ぼったくり』そのものの雰囲気の中、これ以上は邪魔になるということでショウタに別れを告げ、一同は店をあとにした。

その後、美音と馨は連れだって商店街を回り、結婚式参列へのお礼、お土産渡し、開店に向けての食材の発注を済ませた。

会う人全てが再会を喜び、美音がこの町に戻る日を指折り数えて待っていると言ってくれた。あまりの大歓迎に、最後は馨が「あたしだけじゃだめなのかー！」と拗ね始めて大変だったくらいだ。

妹を宥めつつ元の家に戻り、あり合わせで遅い昼ご飯を済ませた。ところが、炬燵で食後のお茶を飲みながら店についての相談を続けているうちに、なんだか眠気が差してきた。馨を見ると、彼女も眠そうにしている。昨日も遅くまで話をしていたのだから当然と言えば当然、ということで、ふたりは少しだけ昼寝をすることにした。

「え、もう暗くなってる……？」

馨が立ち上がった気配で目を覚ました美音は、窓から外を見て愕然とした。

「どうしよう、一休みしたら帰るつもりだったのに……」

要は今日、何時に帰ってくるのだろう。長い休みのあとだから、遅くなるかもしれないと言っていたが、今から帰って食事の支度は間に合うだろうか。

昨日馨が届けてくれたお重の残りはあるにしても、あれだけではさすがに……と美音の焦りは募るばかりだった。

「とにかく急いで帰るわ。馨、またね！」

「お姉ちゃん、ちょっと待って！　そこまで慌てなくてもまだ五時だよ」

「え……？」

二月の半ば、春は近いとはいえ、まだまだ日の入りは早い。すっかり暗くなっていたため相当遅い時間だと思い込んでいたが、実際にはそこまで遅い時間ではなかった。

「落ち着いて、まずはスマホ確認。なんかメッセージが来てるみたいだよ」

馨の指摘で炬燵の上のスマホを確認すると、メッセージの送り主は要だった。

「要さん、ちょっと遅くなるって。で、終わったら迎えに行こうかって」

急な打ち合わせが入ったので、もうしばらく帰れない。マンションでひとりぼっちで待つよりも、馨と一緒にいたほうがいいのではないか。もしそうするなら、終わり次第迎えに行く……というのがメッセージの主旨だった。

「あいかわらず優しいねえ、要さん」

妹に冷やかされながらも、美音はまんざらでもない気分だった。世間には、結婚したとたん、釣った魚に餌はやらない、とばかりに素っ気なくなる男性もいると聞く。要がそのひとりではなかったことが嬉しかった。

ところが、にやにやと喜んでいる美音に反して、馨は難しい顔で考え込んでいる。どうかしたのか、と訊ねてみると、ちょっとためらいがちに彼女は言った。

「お姉ちゃん、帰ったほうがいいかも……」

「え、どうして？」

「お姉ちゃんも要さんも、あたしのことを気にしてくれてるのはわかるし、すごくありがたいけど、シンゾウさんだって言ってたじゃない。『仲良し姉妹はけっこうだけど、亭主を仲間はずれにするなよ』って……」

休暇が終わったばかりで一日中忙しかったに決まっている。疲れた身体を引きずって、ここまで迎えに来させるのは気の毒すぎる。なにより、新婚ほやほやなんだから夫を家で出迎えるべきではないか、と馨は言うのだ。

「店が再開したら、そんなことできなくなるんだし、温かいご飯を作って待っていてあげたほうがいいんじゃないかな」

「そうか……そうだね……。ありがと、馨。そうと決まったら、さっさと帰ってご飯を作らなきゃ」

メッセージの送信時刻は午後四時三十八分になっている。その時間から打ち合わせに向かうとしたら、六時より早く終わることはないだろう。帰宅するのにも時間がかかるから、七時までに用意を済ませれば大丈夫に違いない。

「それがいいよ。で、佐島家の今日の晩ご飯はなあに？」

冷やかすように馨に言われ、美音はしばし考え込む。

要のことだから、十中八九、昼ご飯は食べ損ねている。外は木枯らしが吹いているし、なにか温かい物がいい。水炊きやしゃぶしゃぶといった鍋料理なら、ボリュームもあるし準備もそう大変ではない。

「お鍋にしようかしら……」

「いいねえ……差し向かいでお鍋。あ、でも、お鍋って、けっこう旅行中に食べたんじゃない？」

「そういえば……」

食事付きの旅館に泊まると、たいてい小さな鍋料理が付いてくる。すき焼き仕立て、寄せ鍋、湯豆腐、しゃぶしゃぶ……と種類は様々だが、確かに毎日のように鍋料理を口にしていた。

「それに、旅館のご飯ってどうしても和食寄りでしょ？　もしかしたら要さん、目茶苦茶ジャンクなものを食べたくなってるかも」

「ジャンクなものって……？」

「B級グルメ。あたしのおすすめはたこ焼きだけど、さすがに要さんはそれじゃあお腹いっぱいにならないでしょ」

「そうねえ……私と馨ならたこ焼きが晩ご飯でも平気だけど、要さんには物足りないかも」

「だったら、お好み焼きはどう？」

「お好み焼きか……そういえばしばらく食べてないわね」

「お好み焼きなら準備に時間もかからないし、ついでにホットプレートでウインナーとかも焼けばおつまみにもなるし。あ、そうだ、いいものがある！」

そう言いながら馨が冷凍室から引っ張り出したのは、冷凍用のビニール袋に入れられた牛肉。おそらく、この間のすき焼きの残りだろう。

「まだあったの？　冷凍したって永遠に持つわけでもないのよ。さっさと食べればよかったのに」

「けっこう食べたんだよ。でも、毎日そんな贅沢できないし」

『加藤精肉店』のご厚意でいただいた飛びきりの牛肉である。自分はもうたっぷり食べたし、もともと美音の結婚祝いのようなものだ。それなら、残りは新婚家庭で消費するのが理にかなっている、と馨は主張した。

「そう？　じゃあ、これもらって帰っちゃっていい？」

「どうぞどうぞ。あっちにつくころにはいい感じに解凍されてるよ。ってことで、お好み焼きに決定！　あたしもそうしようかな。考えるのも面倒だし」

豚肉とキャベツならあるし、粉もある、あとは……と馨は頭の中で食材を確かめている。

東京のあっちとこっちで同じ料理を食べる。それは、寂しさを紛らわせるための、馨なりの方法なのかもしれない。

「ごめんね、馨」

「気にしないでいいよ。考えてみれば、今まではあたしがお姉ちゃんをほっといて哲君とご飯を食べてきたりしてたんだもん。お相子、お相子」

さあさあ新妻は帰った、帰った、なんてシンゾウみたいな台詞で馨に送り出され、美音はバス停への道のりを急ぐ。本当は商店街で買い物をしていきたかったけれど、道中を考えると大きな荷物は面倒だ。マンションの近くのスーパーで済ませることにしよう。

――ごめんね、みんな。でも、あっちでご飯を作るのもそう長いことじゃないから堪忍してね。

そして美音は、タイミング良くやってきたバスに乗り込み、要のマンションに向かった。

美音の計算どおり、要が帰ってきたのは午後七時を少し回ったころだった。

「お帰りなさい、要さん。お疲れさまでした」

「ごめん、遅くなったね。もう少し早く終わると思ってたんだけど……」

「お仕事ですから仕方ないですよ。お腹が空いたでしょう？　ご飯にしましょう」

「正直、腹ぺこ。どうする？　どこかに食べに……」

そこで、ネクタイを外しながら居間に入った要が歓声を上げた。

「用意してくれたんだ！　しかも、お好み焼き！」

すでにホットプレートのスイッチは入れてあるし、食材も準備万端。ソースやマヨネーズも出ているし、今夜のメニューがお好み焼きだというのは一目瞭然（いちもくりょうぜん）

だった。

「ええ。もしかしてお嫌いでした？」

「まさか。そもそも、お好み焼きが大嫌いって人は、あんまりいないんじゃない？」

「嫌いじゃなくても、晩ご飯にはちょっと……っていう人もいますよ？」

「ああ、それね。ノープロブレム。俺はお好み焼きは大好きだし、好きなものはいつ食っても旨い」

「よかった。じゃあ、早速焼きましょう！」

そこで美音はお好み焼きのタネを鉄板に流し込み、表面一杯に豚のバラ肉をのせた。すかさず蓋を被せ、冷蔵庫に向かう。

「何を呑まれます？」

「お好み焼きならビールだろ」

「酎ハイとか、軽めのワインもありですよ？」

「う……それも捨てがたい。でもまあ、まずはビール」

「了解です。ではこれを……」

美音が冷蔵庫から取り出したのは、『宇奈月ビール　十字峡』。ドイツのケルン地方に伝わるケルシュビールの製法を元に造られたビールである。

醸造元は宇奈月ビール株式会社、立山連峰の雪解け水からなる黒部川湧水群の伏流水と、黒部扇状地で育った二条大麦を用いた地ビールで、そのキレと喉ごしの良さ、フルーティーな味わいが特徴である。

『十字峡』の他にも、カラメルの甘みと深いコクが特徴の『トロッコ』、芳醇な香りと甘みの調和が素晴らしい『カモシカ』といった種類があり、地元はもとより観光客からも広く愛されているビールだ。

美音は以前からこのビールを知っており、一度呑んでみたいと思っていたが機会に恵まれず、今回旅行中に見つけて大喜びで買い込んだという代物。もちろん、三種類とも購入したが、お好み焼きの甘みが勝ったソースにぴったりなのは『十字峡』だろう、と考えての選択である。

「お、早速出ました、『十字峡』！」

「これはエールですけど、ピルスナー好きの要さんのお口にもきっと合うと思います」

「うん、色からしてピルスナーっぽいもんね。いやー、いいなあ……仕事から帰ったら暖かい部屋と食事、しかも冷たいビールまで待ってるなんて」

極楽極楽……と念仏みたいに唱えながら、要は席に着く。小さなダイニングテーブルだが、その小ささが差し向かいの親密さを増してくれるようで、美音は微笑みながらホットプレートの蓋を取った。

「おーすごい。目茶苦茶膨らんでる」

「ここでひっくり返して……と、もうちょっとですからね。あ、隣でお肉を焼きましょうか？　馨がこの間の松坂牛を持たせてくれたんです。薄切りですけど、味付けなしで焼いて大根下ろしで食べるとさっぱりして美味しいんですよ」

「あの『とびとび』の肉にはぴったりだね！　でも、まずはお好み焼きからにしよう」

せっかく君が用意してくれたんだしね、と嬉しいことを言ってくれたあと、要は急に真顔になって訊いた。

「それはそうと、現場は見に行けた？」

朝から気になってはいたが、いかんせん仕事が立て込み、見に行く暇がなかった、と要は残念そうに言う。数ある担当現場のひとつとはいえ、自分の住まいになる場所なのだから気にならないはずがない。それでも足を運べないほどの忙しさだったのか、とため息をつきつつ美音は答えた。

「大丈夫、見てきました。ショウタさんともちゃんとお話ししてきました」

「よかった。で、どうだった？　やっぱり遅れそう？」

「ぜんぜん。ショウタさん、すごく頑張ってくださったみたいで、予定より早く完成しそうですって」

「それは嬉しいな！　てっきり何日か遅れると思ってた。無理を言ったのはこっちだし、仕様変更も……あ……」

そこで要は、ぱっと口を押さえた。きっと松雄たちのサプライズプレゼントの件を、美音がまだ知らないと思っているのだろう。

「ご心配なく。お祖父様やお義母様のプレゼントも拝見してきました」

「ごめん……。クソ爺たちに絶対言うなって念を押されて……」

「いいんですよ。お気持ち、すごく嬉しいです。それにやっぱり檜(ひのき)の一枚板はすごいです」

店の格が一段上がったように見える、という美音の言葉に、要はほっとしたように言った。

「ならよかった。クソ爺やおふくろはともかく、兄貴は美音の気に障るんじゃないかって、かなり気にしてたんだ」

「お義兄様は細やかな方ですものね……」

「細やか？ 小心じゃなくて？」

要はまさしく「けっ」という顔をする。

美音はその細やかさは兄弟共通なのだと言ってしまおうかと思ったけれど、要がもっと嫌な顔をしそうなのでやめにした。

松雄に『詰めが甘い』と言われる怜は、一族の長としては確かに少し優しすぎるだろう。

でも、その詰めの甘さは、要にも、おそらくは松雄にもあるものだと思う。だからこそ松雄は、気になってならないのかもしれない。

自分も持っていて必死に隠している優しさという名の弱さ——それを孫の中に見るたびに、もどかしくなる。松雄は、自分が消しきれなかった弱さをなくしてほしいと願っているのかもしれないが、本当に孫たちがそれを克服してしまったら、今度はきっと孫たちの『人としてのあり方』に悩むに違いない。

松雄は松雄なりに、組織の長としての立場と、祖父としての立場の間で苦労していて、その悩みと向き合うことこそが、彼という人間の幅を広げてきたのだろう。

男は皆、細やかかつ愛すべき弱さを持ち、女は皆、大胆で頼もしい。外から見ただけではわかりにくいけれど、それが佐島一族の本当の姿のように思える。

美音は今、そんな佐島家に名を連ねられたことがつくづく嬉しかった。そして、温かく迎え入れてくれた人たちの期待を裏切らないよう、これからも努力を続けなければ……と心に誓った。

「え、海苔なんだ……」

焼き上がったお好み焼きにたっぷりソースとマヨネーズをかけ、揉み海苔を散らしている美音に、要が驚いたように言った。

「ええ。うちではずっと焼き海苔を細かく揉んで使ってます。青海苔よりマヨネーズに合うし、風味もいいって両親が……。たぶん、たまたま青海苔を切らしてたときに、そこらにあった焼き海苔を使ってみたら美味しかったんでしょうね」

「そうかもしれない。確かにすごくいい香りだ。お好み焼きの焼き加減も最高だし、君の腕前を知らないわけじゃないけど、家でこんなお好み焼きが焼けるとは思わなかっ

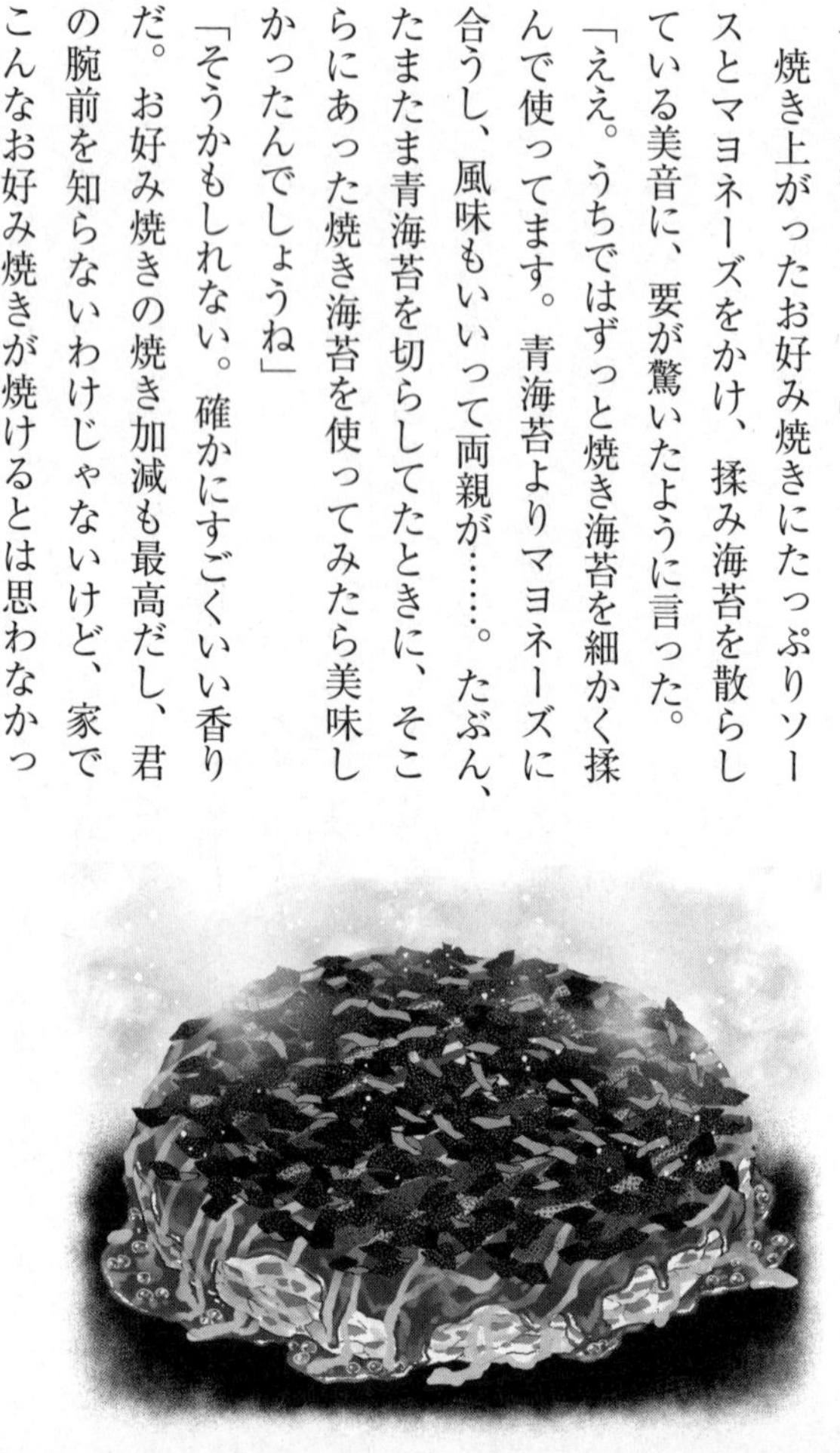

た」

店の厚い鉄板を使ったわけではない。そこらで売られている、むしろ安物のホットプレートでこんなにふわふわのお好み焼きができるなんて奇跡だ。おまけに外はちゃんとかりっと仕上がっている、と要はお好み焼きを絶賛した。

「大したことじゃありません。蓋をして時間をかけて焼いただけです。お料理はちょっとしたコツなんです」

「そのちょっとしたコツが知りたくて地団駄踏んでる人間がどれほどいることか。ま、おれはそんなコツを知っている人が奥さんでラッキーだったってことだ」

そうして、要はお好み焼きを堪能、そのあとで焼いた『とびとび』の肉も瞬く間に平らげた。

旨かった、ごちそうさま！　と両手を合わせ、美音に一礼したあと、思い出したように言う。

「あ、そうだ……そんなに早く工事が終わりそうなら、引っ越しの手配を急がないと」

そうでなくても二月三月は引っ越しが混み合う。会社も異動の時期だし、進学にあたって引っ越す学生も多い。早めに手配しないと、と要はスマホを取り出し、カレンダーアプリを開いた。

「二月の最終週……前半の平日なら大丈夫かな。でも、平日だとおれが手伝えないかも……」

なるべく休めるように算段するけど、と言う要に、美音はあっさり首を横に振った。

「大丈夫ですよ。馨もいますし、今は、ほとんど引っ越し屋さんがやってくれるでしょう？　長くお休みをいただいたあとなんですから、要さんはしっかりお仕事してきてください」

「了解。あ、なんならうちのおふくろとか、義姉さんとかに手伝いを頼もうか……って、それをやったらクソ爺までくっついてくるか……」

鬱陶(うっとう)しいことこの上なしだな、と要は苦笑している。それよりなにより、松雄はあの年だ。八重だって身体が丈夫とは思えない。手伝ってもらって、怪我でもされたら大変だろう。

　だが、要はそんな美音の心配を笑い飛ばした。

「そっちは大丈夫。どうせあの連中は、来たところで口だけしか出さないよ。若い女性ふたりだと舐められて適当な仕事をされかねないけど、ああいう見るからにうるさくて文句が多そうな人間がいるだけで、現場は引き締まる。丁寧かつ慎重な仕事をしてもらえる」

「そんな引っ越し屋さんばっかりじゃありませんけど……」

「了解。ま、引っ越しが決まったら、こっちが声をかけなくても押しかけてくるかも」

　みんな新しくなった『ぼったくり』に興味津々だろうし、と要はまた笑う。

「わざわざ引っ越しを見に来なくても、皆さんには新装開店のときにでも来ていただけばいいんじゃないですか？」

「それはどうだろう……。来ていいって君が言うなら、喜んで来ると思うけど……」

　美音は、思うけど……のあとに続く言葉が気になって、じっと要を見た。その顔があまりにも真剣だったのか、要は慌てた様子で言葉を続ける。

「そんなに心配しなくても、単なる場所の問題だよ。うちの連中まで呼んだら入りきらない」

「そう……ですかね？」

「きっと常連だけでも大変だよ。もしかしたら時間割が必要かも」

「時間割!?　必要ありませんって」

「いやいや、冗談じゃなくて、この人はこの時間にという細かい割り振りが必要だよ、絶対に」

『ぼったくり』が休業に入ってから二ヶ月弱が過ぎている。『ぼったくり』の料理と酒に焦がれている客も多いだろう。みんなして再開を待ちわびているに違いないから、いざ開店となったら、一気に押しかけてきかねない。

そうなったら『ぼったくり』は、あの危機一髪の日以上の騒ぎになってしまう。その上、佐島家までやってきたら目も当てられない、と要は難しい顔で言う。

「そもそも、佐島一族が居座る『ぼったくり』なんて雰囲気ぶち壊し、常連さんたちに迷惑きわまりないだろ。うちの連中はしばらくしてからでいい。まずはお客さん優先」

「それでいいんでしょうか……」

「当たり前だろ。『ぼったくり』は常連あっての店。ずっと来てくれてて、これからも来てくれるお客さんを大事にしてこそ『ぼったくり』だよ。店で一円も払ったことがないような親族なんか後回しでいい。閑古鳥が鳴きまくってどうしようもない日に電話でもしてやってくれ」

「閑古鳥……にはあまり来てほしくないです」

「あはは！　そりゃそうだ。――それにしても、割り振りが大変そうだなあ」

もっと席数を増やす方向で改築すべきだったかな……なんて要はしきりに後悔している。美音はそんな要を見ながらちょっと涙ぐみそうになってしまう。

言われるまでもなく『ぼったくり』はお客さんあっての店だ。

『ぼったくり』と名乗りながらちっともぼったくれずにいるのは、先代から続く慣例みたいなもの。だからこそ、息長く通ってくれる常連なしには立ち行かない。

店主として何よりも大切にしなければならないのは客であって、時には要の親族への配慮が二の次になるかもしれない。それを当然だと言い、そうすべきだと要は言ってくれる。『ぼったくり』を支えてくれる人を疎かにすべきじゃないと……

こんなにも自分の考えを理解してくれる人を、生涯の伴侶として得られた。その幸運に、美音はつくづく感謝する。それと同時に、ちょっとだけ恐くなる。こんなにすごい幸運を得てしまったら、あとにどんな不運が続くのだろう、と……

「運を使い果たしちゃったような気がします」

不安の籠もる美音の声を聞き、要はやれやれと言わんばかりだった。

「大丈夫だよ」

「え？」

「幸運は不運と引き替えじゃない」

人生において、幸と不幸はとんとんだという人は多い。

大きな不幸があっても、その次にはきっと大きな幸せがやってくる。だから明日を信じて頑張ろう、それはひどく納得のいく考え方だし、美音もそう思って生きてきた。だからこそ、大きな幸せのあとに来る大きな不幸に怯えるのだ。

ところが要は、そんな考え方自体を否定した。

「不幸せに耐えたから幸せになるわけじゃない。幸せは努力の対価だよ」

「努力……ですか？」

「そう。努力したものが幸せになるんだ。どれだけ不幸な目にあっても、そのまま不幸に甘んじている人間に幸せはやってこない。不幸な境遇でも、そこから這(は)い上がる努力をした人間だけが幸福に辿り着くんだよ」

元々裕福な家に生まれたって、何の努力もしないでいれば家は衰(おとろ)えていく一方。

一時的にたくさんのお金が稼げたとしても、お金は使えば減る。

学生時代にどれだけ知識を詰め込んでも、日進月歩(にっしんげっぽ)の世の中だから、知識もどんどん古くなっていく。古びない知識は確かにあるが、本当に古びていないか日々検証が必要になる。

業績に対して与えられた名誉は、言うまでもなく得た瞬間から恐ろしい勢いで過去になっていく。

過去の名誉しか縋るものがない人生ほど、悲しく虚しいものはない。どんな財産も知識も名誉すらも、一度得たからといってそれで安心できるものではない。さらに己を高める努力がなければ、色あせていくばかり……

要は美音の目を見つめ、そんなことを語り続けた。

「だから、幸福も幸運も全ては努力の上にある。でね、美音。おれは君がどれぐらい努力する人かよく知ってるよ」

「要さん……」

「ご両親が亡くなったあと、馨さんを抱えて、君がどれぐらい頑張って『ぼったくり』を維持して、どれぐらい頑張って生きてきたか、ちゃんとわかってる。それはおれだけじゃなくて、周りのみんなが知ってることだよ。君はこれから先だって努力を止める人じゃない。ずっと同じように頑張って生きていく。そうだろう？」

「だって……私にはそんなふうにしかできません……」

「だよね？　だから大丈夫。前にうちのクソ爺が、君には運があるって言ってたけど、君について回ってる幸運は全部君の努力の成果。努力を止めない限り、これからもずっと君は幸運で幸せなままでいけるよ」

おれの奥さんは、頑張り屋さんだからね、と要はその大きな手で美音の頭をごしごし撫でた。

ついでに、その幸運にあやかり続けて、おれもラッキーなまま行かせてもらうよ、なんて笑う。美音は、やっとのことで喉の奥から声を絞り出す。

「要さんも……です」

ずっと頑張ってきたのは、要も同じだ。

確かに要は、佐島家という恵まれた環境に生まれた。けれど、生まれたときに持っていたものがどれだけ大きくても、それが本人にとって納得できないものであれば、むしろ妨げになってしまう。

かつて要は、家柄や財産に縛られて喘いでいた。その彼が佐島家を離れ、自分なりの道を拓いて、また佐島家という環境に戻るまでに積み上げた努力の量は、何の疑いもなく生まれ育った環境に居続けた美音よりもずっと多かったのではないか。

灯りがまったく見えない中、手探りで歩いた道のりは、両親を失ったあとも温かい人々に守られて生きてきた美音が歩んだものよりも、ずっと厳しかったはずだ。

もしも要が言うとおり、努力の量に幸福の量が比例するのだとしたら、誰にあやかるまでもなく彼は自分自身の力で幸福になれる。

「要さんの幸せも、幸運も要さん自身が作ったものです。私のおかげなんかじゃありません」

「じゃあ、おれたちは夫婦揃ってずっと幸せってことだね。よかったよかった」

至って気楽そうに要は笑う。

つい物事を重いほうに考えては思い詰めてしまう美音を、奮い立たせるように……

さらに要は言う。

「おれのこれまでの努力は、あの十一月の寒い日、『ぼったくり』に飛び込んだことで全てチャラだな」

普段ならまず寄らないタイプの店だったのに、吸い寄せられるみたいに引き戸を開けた。通りに一軒だけ残った灯りが『ここだよ』って誘ってるみたいだった。

そして、その引き戸の中に、美音がいた、と要は二年前の出会いを語った。

「君はあのとき、『何でうちの店にこんな客が……』って思ったんじゃない？ ついでに『もう閉めようと思ってたのに……』とかさ。それでも、雨の滴を拭くタオルを貸してくれて、口の中ですっと溶ける煮こごりで熱い酒を呑ませてくれた。腹に溜まって、それでいてしつこくない揚げ物と、締めの茸雑炊。せっかく温まった身体が冷えないうちにさっさと帰れと送り出されたことまで含めて、おれには衝撃的だった。あの出会いが全てだと思う」

それまでの努力があの出会いを連れてきた。そしてあの出会いが、その後の人生の新たな努力を生んだ。

美音は、要の背景ではなく、あなた自身しか見ないと断言した。そんな美音に恥じぬ存在となるために、常に努力が必要だった。

なにより、懸命に努力を重ねる美音と歩き続けるためには、自分も同じだけの努力をするしかなかったから——

「並んで歩くための努力が、これからの幸せを連れてきてくれる。だから俺たちは大丈夫。ってことで、これからもよろしく」

「要さん……」

要の言葉を聞いているうちに、頬を熱いものが伝っていた。

返す言葉を見つけられず、ただ涙を流す——そんな美音を見つめる要の眼差しはいつもどおり、いや、いつも以上に温かかった。

工事が完了し、晴れて引き渡しとなった日、美音は朝一番で『ぼったくり』に向かった。

もちろん要と一緒、馨とは『ぼったくり』で落ち合うことになっている。

「おれが監督した現場を、おれ自身に引き渡すってどうなの？」

「ちょっと珍しい経験ですよね」

「チェックが甘くなってヤバいよ。おまけに結婚式やら旅行やらで中抜けしてるし。ほんと、ショウタさんにお願いしてよかった。あの人なら、上の階までちゃんと目を配ってくれたに違いない」

「そんなこと言っていいんですか、佐島建設さん？」

美音に軽く睨まれ、あはは……と笑いながら要は引き戸を開けた。

真新しいカウンターからは、ほのかに檜の香りが漂ってくる。カウンターの前にずらりと並んでいるのは、町内会の人たちの心づくしの椅子だ。

檜のカウンターに似合う純和風のデザインで、座り心地も申し分ない。見るからに高そうな椅子は『どうせ座るのは俺たちだから納得のいくものを！』という理由で選ばれたらしい。

話によると、カタログから選ぶ際、どんどん値段が高いほうにいってしまい、常識の範囲内に抑えるのが大変だったとヒロシが嘆いたとか嘆かなかったとか……

満席になることは滅多にないけれど、誰も座っていないということもないカウンター。

『ぼったくり』を訪れる人は、たとえひとりでやってきても、ひとりぼっちになることはない。美音や馨、あるいは他の客……必ず誰かと言葉を交わし、盃を交わすことになる。

切ない、辛い、苦しい……そんな暗い思いを吐き出して、空いた隙間に美味しい料理と酒を詰め込む。そうやって、心の底から温められて客は店を出ていく。

引き渡しにあたっての説明を受ける美音に、戸口から声がかかる。

「工事が終わったんなら早く店開けてくれよ！　俺たちそろそろ我慢の限界だ！」

美音が明るい笑顔で応える。

「ごめんなさい。もうちょっとだから待っててくださいねー！」

その居酒屋には物騒な名前が入った暖簾がかけられている。

店を営む姉妹と客たちの話題は、酒や料理や誰かの困り事。

悩みを抱えて暖簾をくぐった人は、美味しいものと人情に癒されて、知らず知

らずのうちに肩の力を抜く。

居酒屋『ぼったくり』はそんな店だ。

真新しい暖簾(のれん)の向こうに姉妹、そして客たちが戻る日はもうすぐそこだった。

コーラでご飯!?

煮こごりはお酒のおつまみはもちろん、ご飯のおかずとしても美味しいもので、温かいご飯にのせると箸が止まらなくなる逸品です。かくいう私も『煮こごりのっけご飯』が大好きで、ダイエットそっちのけで掻き込むのですが、あるとき、ふと気がつきました。「これって、コーラかけご飯みたいなものなんじゃ……」。そう、そのとき私が食べていたのはコーラ煮のあとの煮こごりだったのです。これにはちょっと考え込んでしまいました。とはいえ、コーラ煮はお肉を軟らかく煮上げてくれる便利な調理法。コーラを直接ご飯にぶっかけるわけではないのだから、今後も楽しませていただこうと思っています。

純米酒 応援之酒 冨玲(フレー! フレー!!)

梅津酒造有限会社

〒689-2223
鳥取県東伯郡北栄町大谷 1350
TEL：0858-37-2008
FAX：0858-37-2023
URL：http://www.umetsu-sake.jp/

宇奈月ビール 十字峡

宇奈月ビール株式会社

〒938-0861
富山県黒部市宇奈月町下立 687
TEL：0765-65-2277
FAX：0765-65-2255
URL：http://www.unazuki-beer.jp/

ありふれたチョコレート
AN ORDINARY CHOCOLAT AFFAIR
秋川滝美
TAKIMI AKIKAWA
1
2
大人気シリーズ
待望の文庫化!
あくまでも平凡。
だからこそ
特別なものがある。
営業部長兼専務の超イケメン・瀬田に執着された相馬茅乃。けれど、自分は「箱入り特売チョコレート」のようなもの。彼には、「高級ブランドチョコ」のほうが似合うにきまっている……。そう思った茅乃は、あらゆる手段を使って彼のもとから逃げ出した！逃げる茅乃に追う瀬田。二人の攻防の行く末は？ネットで爆発的人気の恋愛逃亡劇、待望の文庫化!!
◉文庫判 ◉各定価：670円+税 ◉illustration：夏珂
ありふれたチョコレート1
秋川滝美
ありふれたチョコレート2
秋川滝美
平凡なチョコレートにするため、
NYで大奔走!?

本書は、2019年3月当社より単行本として刊行されたものを文庫化したものです。


この作品に対する皆様のご意見・ご感想をお待ちしております。

おハガキ・お手紙は以下の宛先にお送りください。

【宛先】

〒150-6008 東京都渋谷区恵比寿4-20-3 恵比寿ガーデンプレイスタワー 8F
(株) アルファポリス　書籍感想係

メールフォームでのご意見・ご感想は右のＱＲコードから、
あるいは以下のワードで検索をかけてください。

ご感想はこちらから

アルファポリス文庫

居酒屋（いざかや）ぼったくり 11

秋川滝美（あきかわたきみ）

2020年　8月 31日初版発行

編集－塙 綾子
発行者－梶本雄介
発行所－株式会社アルファポリス
〒150-6008東京都渋谷区恵比寿4-20-3 恵比寿ガーデンプレイスタワー8F
TEL 03-6277-1601（営業） 03-6277-1602（編集）
URL https://www.alphapolis.co.jp/
発売元－株式会社星雲社（共同出版社・流通責任出版社）
〒112-0005 東京都文京区水道1-3-30
TEL 03-3868-3275
装丁・本文イラスト－しわすだ
装丁・中面デザイン－ansyyqdesign
印刷－中央精版印刷株式会社

価格はカバーに表示されてあります。

落丁乱丁の場合はアルファポリスまでご連絡ください。

送料は小社負担でお取り替えします。


ISBN978-4-434-27772-6 C0193